*"Sarebbe bello riuscire a completare tutti i nostri sogni .*

*Un giorno o l'altro si finisce per ringraziare il passato,*

*poichè per quanto duro possa esser stato,*

*ci ha portati ad essere ciò che ci fa affrontare il nostro presente.*

*Sarebbe bello riuscire a completare un sogno, per iniziare.*

*Questo è il mio.*

*Non rimandate a domani i vostri sogni,*

*perché domani potrebbe essere troppo tardi."*

# Capitolo 1

I balletti del teatro Russo Bolshoi sono i miei preferiti. La costanza con la quale i ballerini si allenano e la fatica non si considerano mai davanti a qualcosa di così maestoso, così bello. Venti ballerini vestiti di luce blu che si muovono sincronizzati come orologi. A volte sono proprio cose inaspettate a farti provare qualcosa dal nulla. O forse, avevo semplicemente alzato troppo il gomito anche quella mattina.

-Dannato Rick!-

Mi alzai dalla poltrona, inciampando su una catasta di piatti e finendo dritto con la faccia sul tappeto del salone. Intanto, ballate russe e fruscii riempivano la stanza dal modesto volume del mio tv.

A volte mi pento di aver adottato quella canaglia. Sa solo mangiare e cacare, cacare e mangiare; D'altronde, è quello che faceva anche prima che lo accogliessi nella mia casa, dove una volta abitavo con mia moglie, Anna.

Eravamo uniti, eccome. Dopo una vita a risparmiarci dei soldi, siamo riusciti a prenderci una casa in campagna, proprio come sognavamo. In fondo la Norvegia è sempre stata una meta fissa nella mia vita, e beh, ora vivo qui. Anna era così brava a cucinarmi le torte di mele, ed io altrettanto bravo a mangiarle. Mi occupavo spesso dell'orto, e così tutto è cominciato. C'era un opossum che mangiava tutto ciò che piantavo, o come avrebbe detto Anna, tutto ciò che riuscivo a far venir fuori, dato che effettivamente il pollice verde non fa tutt'ora parte di me. Fosse stato per Anna, il giardino sarebbe stato rigoglioso e l'opossum obeso, non l'avrebbe mai voluto eliminare davvero. La vita qui si faceva ogni giorno meno interessante, così cercammo di catturare quel dannato animale. Passarono sei mesi prima che potessi mettere le mani su quella diabolica bestiolina, lo ricordo ancora come fosse un'ora fa; Presi una gabbia per cani, montai su di una mensola un filo molto lungo di corda, legando alle estremità due palline di piombo. Una volta aperta la gabbia dalla parte anteriore, avrei collegato un lembo di corda senza pesi annessi all'interno di una ciotola piena di noci, legandola bene intorno ad una di esse. L'altra estremità della corda sarebbe andata a tenere sollevato una delle due parti del filo tagliato, così appena quella creatura avesse preso una noce dal fondo della gabbia, ed avesse tentato di scappare, avrebbe in realtà tolto l'unica cosa che tiene la teneva in posizione aperta. Facile, no? In realtà ci misi quasi un mese per perfezionarlo, dato che la maggior parte delle volte mi addormentavo e la corda non veniva tirata a dovere, oppure non la indebolivo nel modo corretto, o bilanciavo nel modo più giusto. Vallo a capire.

Così catturai Rick. Corsi da mia moglie con la vittoria fra

le mani, ma lei non mi rispose più. Faceva l'uncinetto, probabilmente si era addormentata. Aveva una tale espressione, così rilassata da non avermi lasciato niente più che il trauma della sua scomparsa. E' per questo che ho tenuto Rick, era più di un semplice ammasso di pelo e dispetto, adesso era diventato, in qualche modo, l'unica e l'ultima cosa che rendeva me ed Anna complici.

Rick era sul tavolo della cucina, che mi osserva rosicchiando un cetriolo prelevato senza permesso dal mio giardino, ma essendo l'unica cosa che vi cresce e per giunta anche in abbondanza, non mi interessa davvero.
Era una giornata mite, ed ero appena giunto alla conclusione che avrei dovuto pettinarmi i capelli grigiastri e scompigliati, magari anche togliere la vestaglia e mettermi qualcosa di pulito. In fondo è domenica, si indossano i vestiti puliti, la domenica.

-Noah? E' in casa? - Deve essere sicuramente il lattaio, puntuale anche di domenica, giorno del quale sono stato servito da ben poco, considerando l'opinione che hanno i miei vicini su di me che per carità, tanto soggettiva quanto inopportuna data la lontananza da una casa all'altra in tutti questi ettari di bosco. "Le persone chiacchierano, che ci vuoi fare?" diceva sempre mia moglie.
-Sì Will sono in casa, lascia pure la bottiglia sul pianerottolo.-
-Ma signore, le bottiglie della settimana scorsa..? Saprà di

certo che le deve riconsegnarle in tempo tutte, altrimenti dovrò limitare le consegne solo a chi rispetta le regole..-

A questo punto aprii la porta.

- Will caro, sappiamo entrambi che sei qui di domenica soltanto per controllare un povero vecchio rimasto solo e sporco. Non devi provare una qualche compassione per me. Ci pensa già il postino che mi consegna lettere di case di riposo, di scampagnate felici per ottantenni, pubblicità sulle pedane che facilitano l'ingresso nella doccia e apparecchi acustici. Sono vecchio, ma non sono ancora decrepito, e ci vorrà molto più che un po' di solitudine a mandarmi fuori di testa, tipo tutte queste strane attenzioni e il disinfettante per girasoli della signora Bradt.-

Will mi guardò battendo di tanto in tanto ciglio, poi tirò su col naso in modo totalmente assente.

-Queste sono le bottiglie che cercavi, eccoti 15 corone, ed una buona giornata.-

William era un ragazzo secco e lungo, pallidissimo e con uno sguardo non dei più intelligenti. Se ne stava lì col suo berretto rosso a fissare l'interno di casa mia come alla ricerca di qualche segno di demenza, ma io la demenza ce l'avevo davanti.

-Signore, ha un opossum sul tavolino.-

-Cosa? Io non vedo nessun opossum.-

Se serviva una certezza di una qualche pazzia, ne avevo appena dato conferma sbattendo la porta quasi sul pronunciato naso del lattaio, che guardò le bottiglie viscide e verdastre con disgusto, per poi infilarle nel cestino della bicicletta e senza pensarci troppo, andar via.

La mia cassetta delle lettere era stranamente colma per essere una domenica, forse era da un po' che non uscivo dal portico a ritirarla, una settimana? Credo di sì.

Bollette, pubblicità e vacanze per anziani. Gite e apparecchi acustici (proprio come avevo detto prima). Le aprii tutte, smistando la pubblicità con gli affitti e le tasse da pagare, poi mi venne la curiosità di chi non aveva nulla da fare ne in mattinata, ne per i prossimi vent'anni, così aprii la busta contenente una gita non proprio fuori porta. Si trattava infatti di quattro giorni in Germania, visitando i musei e le attrazioni della capitale, Berlino. La carta su cui erano stampate le istruzioni, era così lucida da non permettermi di leggere per bene, mentre il francobollo puzzava straordinariamente di pesce.

Intanto immaginavo come sarebbe stato andarci con Anna, e come ci saremmo potuti divertire, io e lei. E' passato un anno e mezzo ormai, un anno fa avevo deciso di abbandonare questo stato di tristezza generale che mi accompagna dalla mattina a quando finisco di essere lievemente cosciente grazie al mio buon rum. La verità, è che non passa mai una cosa del genere, non importa quanti terapisti, quante medium o quanti bicchieri ti fai. Resterà sempre dentro di te una lieve nota amara, di quando hai provato con tutte le forze a convincerti di qualcosa, ma quel qualcosa nelle notti ti tiene sveglio comunque, anche se ci hai lavorato per giorni o mesi oppure anni. Magari è una spiegazione logica mentre sei seduto in cucina a leggere un bel libro, ma la notte il tuo cervello sembra avere un'altra opinione a riguardo, e tu non puoi farci proprio niente se non restare lì e aspettare che l'ansia vada via da sola. Oppure puoi farti un bicchierino di rum e tornare a letto.

   -Beh Rick, che ne dici, casa libera per quattro interi giorni!-
Lo guardai e per un breve momento mi sentii in dovere di ricevere una risposta, poi presi il foglio e lo ripiegai dentro la busta con su scritto il mio nome e l'indirizzo. Presi un bicchierino di rum e togliendomi la maglia sudicia, la riposi nella lavatrice insieme ad altri indumenti che non lavavo da un bel po', a giudicare dalle sfumature oleose nei tessuti. L' inverno sembrava non arrivare mai, mentre il resto della casa non lo riconoscevo quasi più. Feci un bel respiro, poi decisi di andare in città a procurarmi un po' di carne, "in fondo, è domenica".

# Capitolo 2
# Kiel,22 febbraio 1966

Era un inverno abbastanza rigido, quello del sessantasei. Le persone erano occupate a gioire del boom economico e sociale, dei posti di lavoro e dell'astio tra l'est e l'ovest, mentre io avevo appena ventuno anni, abitavo a circa 90 km da Amburgo, e lavoravo come contadino nella fattoria di mio padre, che non esitava un momento a screditarmi o additarmi di colpe che mai mi sarebbero appartenute. Mia madre era una donna molto forte quanto coraggiosa, difendeva i suoi diritti a spada tratta e per questo motivo mio padre non era visto particolarmente bene dai suoi compagni di bevuta. Passavano tutto il giorno a litigare e quando veniva la sera mia madre si chiudeva in camera sua a pregare Dio per qualche miracolo misericordioso, mentre mio padre si limitava ad invitare a casa amici e donne.

Era così scocciante sentirli tutta la notte, ma io avevo altro a cui pensare all'epoca.

Alina, così si chiamava mia madre, fumava di nascosto delle sigarette della seconda guerra mondiale portate dalla sua più fedele amica Katrina, una donna alquanto logorroica e lievemente sorda. Lei abitava poco più vicino ad

Amburgo, ma sempre nella campagna inoltrata. Così, quando prendeva la bicicletta e sgattaiolava in casa nostra, non era mai difficile da scoprire, quanto credo sia stata la donna più rumorosa che abbia mai avuto la disgrazia di conoscere. Capitava spesso in città, acquistava tutto quello che non era visto di buon occhio dagli uomini, per poi precipitarsi a casa nostra per consumare tutto ed alleviare il senso di colpa. In fondo, non era una cattiva persona. Cercava di aiutare mia madre con i suoi mezzi che spesso si limitavano solo ad essere qualche bottiglia di whiskey e due pacchetti di sigarette schiacciati.

Mio padre sapeva tutto, vedeva Katrina parcheggiare la sua bici all'interno del fienile, per poi correre dentro casa con delle buste assai colme. Non fu difficile per mio padre capire cosa stessero facendo, dal momento che la poveretta un giorno si lasciò sfuggire una sigaretta dalla finestra, e per poco il nostro bestiame non diventò cotto prima del tempo. Aurel, così si chiamava mio padre, era noncurante di tutto ciò. Non gli interessava davvero tener conto delle "faccende da donnette", quanto più gli interessava mantenere una facciata sociale degna di una famiglia per bene. Per questo non si fece mai domande sul perché della voce rauca della moglie, o dell'improvvisa malattia polmonare che la portò così prematuramente alla morte.

Un giorno decisi di scappare via da quella realtà così confusionaria, così appallottolai qualche camicia e due pantaloni dentro una ventiquattr'ore, e mi precipitai alla stazione per raggiungere Amburgo.

Dal treno era tutto così surreale, non avevo mai visto delle macchine vere se non dal vicino più ricco di zona, e tutte insieme mi facevano uno strano effetto. Il treno era pieno di uomini d'affare, gente in giacca e cravatta che sembrava celare segreti di Stato, donne bellissime vestite di tutto punto con bambini altrettanto educati, passò perfino una gentile signora a vendermi caramelle, ma sfortunatamente io avevo soltanto i soldi per andare e tornare da Amburgo. Proprio su quei vagoni, ho iniziato a sentirmi fuori posto. Ero abbronzato, avevo i capelli scuri e spettinati, ero soltanto un contadino. Iniziai a rendermi conto che i passeggeri del vagone che occupavo tendevano a sedersi lontano da me, o spostavano i loro bagagli. Bramavo l'Inghilterra per questo. Ero sicuro che se fossi nato lì, adesso sarei un volto fra tanti, non mi sarei sentito giudicato senza motivazione.

Salendo mi ero tolto la coppola, che rimisi con timidezza per nascondere me stesso da qualche parte, mentre tiravo giù le maniche della camicia che risultava ugualmente lurida. Dalla mia ventiquattr'ore sbucava un lembo di pantalone, così la strinsi fra i piedi e pregai che il viaggio si mostrasse più corto di quanto volessi.

-E' la tua prima volta in treno?- Esordì una voce alla mia sinistra. Esitai, ma era alquanto insistente.

-Giovane, è la tua prima volta sul treno? Io mi chiamo Albert, e prendo questo treno quasi tutti i giorni. So riconoscere chi si sente smarrito.-

-Salve.- Alzai lo sguardo e trovai un giovanotto sulla trentina che mi porgeva la mano con aria elegante, un uomo d'affari. Ci avrei scommesso.

-Piacere, io sono Noah, vengo da Kiel.-

-Piacere mio Noah, posso?- Si sedette al mio fianco, sistemando prima il suo bagaglio sopra la testiera del sedile, agganciandolo bene con un elastico alle sbarre apposite.

-Allora, sei in viaggio d'affari? Ti occorre qualcuno che acquisti il tuo terreno, o che ti rifornisca di piantagioni resistenti tutto l'anno?-
-Beh, veramente..- Non sapevo nemmeno di cosa stesse parlando, ma cercai di mantenere un contegno, per quanto questo potesse risultare veritiero da un campagnolo sporco di terra con le scarpe tutte rotte.
-Forse allora sei alla ricerca di fortuna? Sono indumenti quelli che ti spuntano dalla valigia?-
-Sì, in realtà sono solo pantaloni. Due per l'esattezza. Ed altre tre maglie, nel caso non riuscissi a lavarne due per tempo.- Dissi fiero di aver capito almeno uno fra i suoi discorsi. Albert rise lievemente, non di scherno ma di stupore, incrociò quelle grandi sopracciglia folte e nere, per poi lasciar scorrere un intero minuto di silenzio.

-Considerando la tua età e la tua presentazione, credo proprio che tu stia scappando di casa. Non è così?-
-E se pure fosse? Non è di certo qualcosa che riguarda il primo straniero che sale sul treno e si siede accanto a me.-
-Vorrai dire sconosciuto?- Si girò Albert verso di me.
-Voglio dire quello che voglio dire. Ed in tutti i casi non ti riguarda.-
-Beh allora non ti interesserà sapere che questo sconosciuto può darti un passaggio nel centro di Amburgo.-
-Lo sconosciuto può?- Mi girai supplicandolo con lo sguardo, mentre stringevo la valigetta poggiata sulle ginocchia. Poi mi fece un cenno di assenso quasi complice.
-Può.-


Amburgo era più fuligginosa e sporca di come la immaginavo ma facendo lo slalom fra gli uomini che correvano qua e la nella stazione, non feci nemmeno caso a quanta strada percorremmo per trovare una fermata dove, pagando una tassa, potevi salire su una macchina e farti scorrazzare un po' dove volevi.
-Ecco qui, quella nera. Saliamo Noah.-
Gli interni di quella macchina erano così sofisticati da far-

mi sentire ancora una volta fuori luogo, mentre Albert mi guardava come fossi l'essere più ingenuo del pianeta. Mi disse anche che non era nemmeno uno dei modelli più nuovi, che era tenuta anche abbastanza male, usurata qua e la dall'incessante viavai di persone che usufruivano del servizio, ma per me era bella così, e gli dissi che non me ne sarei potuta permettere nemmeno se avesse avuto soltanto un pedale, una ruota e mezzo manubrio. Lui rise ingenuamente, mentre io sentii un lieve brivido di sconfitta.

    -Siamo arrivati, ecco scendi.-
Scesi da "quella ferraglia", come sosteneva Albert, ci incamminammo verso un palazzo alto e grigio e quando suonò alla porta venne accolto da un caloroso abbraccio da una donna di mezza età, sua madre, che mi invitò ad entrare e mi offrì una zuppa calda e dei vestiti ben puliti.

    Capitò proprio in quel momento, così la conobbi.

    Ero intento ad allacciare i polsini della camicia di Albert ormai diventata mia, così udii un flebile sussurro, quasi di sorpresa, e mi girai.
Era la sorella di Albert, in piedi tutta diritta che mi porgeva i vestiti prelevati da sua madre dalla mia valigia, ben piegati e puliti. Era così graziosa, aveva sedici anni, ed i suoi boccoli d'oro le adornavano il viso come in un dipinto. Aveva un vestito lungo fin sui talloni, di un celeste da far invidia al cielo.

-Salve,- Le dissi. - Grazie mille, io sono Noah.-
Lei arrossì bruscamente, posò i panni sul letto e voltando-
si corse in cucina dalla madre.

-Vedo che hai conosciuto Anna, vedrai ti piacerà. E' di
pochissime parole la ragazza, ma legge molto. Spero non
sia un problema.-
-Ovvio che no, ma forse l'ho spaventata, non saprei...

E' tua sorella giusto?-

Albert era poggiato con una spalla alla porta, mentre indossava ancora il Fedora poggiato sull'estremità destra
della testa, visibilmente assonnato. Fece poi una risata e
se lo tolse, probabilmente era brillo.

-Spaventata? Giovanotto, non hai mai parlato con una
ragazza prima d'ora?-

-Certo. Le ragazze del villaggio, la signora dei fiori e la
vicina.-

Dissi convinto e solenne.

-Beh, mio caro, credo che tu sia così inesperto da non
esserti accorto che Anna è, come dire, invaghita dal tuo
aspetto.-

Si congedò così dopo poco, ed io caddi seduto sul letto
pensando a quegli occhi verdi che mi fissavano con tanto
stupore.
Capii solo più tardi che Albert lavorava per conto di suo
padre, vendevano merci ai contadini tutt'intorno ad Am-

burgo, mentre Anna era stata adottata all'età di tre anni, ed io ormai sarei stato un rifugiato in quella casa per molto altro tempo ancora.

Passarono mesi ed io finii per fare lo spazzacamino, mentre con Anna il legame era diventato più che stabile. Lei aveva compiuto da poco diciassette anni quando iniziò a lavorare come sarta assieme alla matrigna e mettendo tutti i soldi assieme, riuscimmo a mandare avanti la casa fino a quando una malattia portò via anche la madre di Albert, e lui non fece mai più ritorno a casa.

Ormai io ed Anna vivevamo lì dentro da soli, lei aveva da poco compiuto diciotto anni di età, quando arrivò il momento di andar via. Sognavamo le Americhe, dopo un periodo di risparmi senza pagare luce o gas, ci trovavamo in obbligo di abbandonare la città.
Ci recammo così all'aeroporto di Berlino ovest, dove la fortuna ed il denaro erano insufficienti per raggiungere l'America. Così ci pagammo degli estenuanti viaggi in treno, poi in nave, e poi ancora in pullman. Mentre aspettavamo il primo imbarco da Berlino, vidi Katrina: in un angolo a sorseggiare alcool da una fiaschetta. Non aveva più i denti, e sembrava vecchia di dieci anni di più.
A quanto pare era diventata povera, suo marito l'aveva cacciata o forse era morto, facendo ereditare la casa ed i suoi risparmi a qualche sgualdrina con la quale era riuscito ad avere qualche figlio. Mi faceva davvero pena, ma non mi riconobbe mai.

Katrina da parte sua si limitò molto alle visite durante la convalescenza di mia madre, non per sensi di colpa ma per evitare il più possibile il contatto con mio padre, in fondo come biasimarla. Era un tale cafone. Non ho ricordi vividi di lui in quanto me ne andai presto da quella casa, non appena mia madre venne meno nel suo letto.

Mio padre non parlò mai più. Non ne conosco bene la motivazione, ma fu come se qualcosa in lui si spense. Aveva quasi raggiunto i sessant'anni quando morì per la troppa fatica, proprio mentre tirava su un secchio dal pozzo, lo ritrovarono i vicini che lo aspettavano impazienti per la restituzione di un prestito.

Ci trasferimmo così a Rockford, in Illinois. Tramite la banca tedesca eravamo riusciti a raggiungere un accordo per quel poco di eredità che la mamma di Albert ci aveva concesso per trasferirci altrove, e così mi trovai di nuovo a badare ad un giardino, seppure decisamente più piccolo di quello che avevo a Kiel. Passarono solo pochi mesi, poi arrivò la lettera. Per avere soggiorno assicurato a vita, in America, il metodo più veloce era l'esercito così fui arruolato e trasferito in Vietnam.

# Capitolo 3

Al mercato non c'era nulla di interessante, il pesce puzzava come al solito di piedi sudati e le vecchiette avevano già acquistato tutto il pollo possibile. Non mi restava altro che fare una lunga passeggiata per raggiungere un supermarket, maledetto capitalismo.

-Hey Noah! Dove te ne vai tutto soletto stamani? Dovresti assaggiare il mio stufato, l'ho cotto ieri. Ti va di passare da me?-

Era quella vecchia rincitrullita di Geltrude. Una vecchia opulenta, enorme zitella con talmente tanto trucco da spaventare un costumista. Capelli grigi come l'asfalto, unghie lunghe e colorate. Mi veniva da vomitare soltanto a pensarci. Sicuramente il suo stufato è ancora incastrato fra l'unghia e quei salsicciotti.

-Noah caro, allora?-

-Eh sì, Geltrude ciao. No è che io, non posso proprio devo correre in.. in banca ecco, e poi penso di esserlo già da un bel pezzo.-

Iniziai così ad accelerare il passo, mentre lei annuiva come se il suo viso si fosse atrofizzato, poi scaricò la tensione e da una certa distanza mi chiese: -Noah? Cosa? Pensi di essere cosa, caro?-

-Stufato, di tutti voi!- Risi sotto i baffi e mi affrettai a raggiungere le poste.

Casualmente, o forse Dio me ne voglia appositamente, misi una mano nella tasca proprio appena entrato nella posta, dove non trovai ne fila ne conoscenti. Lì vi trovai il biglietttino d'invito alla gita che ero più che convinto di aver lasciato a casa. Poi mi ricordai che me ne inviarono uno anche la settimana prima, e la prima ancora, quindi è molto probabile che lo abbia infilato lì dentro ancor prima di saperne il contenuto. Lo aprii nuovamente osservano delle tariffe, facendo una smorfia.

-Sono troppo vecchio e solo per queste cose.-

-Serve un aiuto?- Una fastidiosissima voce nasale proveniva dallo sportello della posta. Così mi avvicinai e con poco stupore vidi una fastidiosissima donna dal volto lungo e smunto, con una capigliatura corvina e perfettamente a caschetto. Masticava una gomma verde, ed aveva gli occhiali rosso acceso, ogni movimento di mascella mi faceva venir voglia di gridare, ma aveva il volto già abbastanza stanco ed ebbi pietà.

-Signorin... ehm Signora io vede, vorrei sapere di più su questa gita.- Gli indicai così la cartolina, e lei senza smettere un secondo di mordicchiare quella gomma, mi indicò con un dito lunghissimo, un cartello appeso all'interno delle poste poco sopra uno sportello in disuso.

Feci un cenno di assenso contorcendo il mio volto in un sorriso, per poi avvicinarmi e leggere tutti i costi ed i luoghi d'incontro.

"Beh, perché non farlo Noah, in fondo non fai più nulla da.. beh da un bel pezzo. Come diceva sempre mia moglie, "quando non ricordi l'ultima volta che hai fatto qualcosa, è tempo di rifarla da capo." Spero tanto non si riferisse alle volte che facevamo l'amore, chissà avrei dovuto capirlo."

-Intendo prenotare questo viaggio-

-Viaggia da solo o in compagnia?-

Mi guardai attorno e feci uscire uno sbuffo di impazienza.

-Le sembro così vecchio da aver bisogno di una badante? Cioè davvero lei pensa questo di me?-

-Si calmi prego signor..- Mi guardò strizzando quei piccoli occhietti malvagi. - Signor Noah.-

-Intendevo il suo cognome.-

-Solo, Noah.-

-D'accordo signor Noah, queste sono soltanto domande per compilare il questionario di richiesta e poi il bollettino, quindi si calmi e cerchi di rispondere a tutto quello che le chiedo.- Aveva un tono così piatto da volermi tagliare via le orecchie.

-Quindi, viaggia da solo?
-Sì, viaggio da solo.- Mi sistemai bello comodo alla finestrella.
-Porta animali con se?-
-Posso?-
-E' una tassa aggiuntiva di circa mille corone.-
-No, non posso.-
-Bene, vuole usufruire del servizio di guida turistica, o preferisce fare il viaggio guidato soltanto dove il museo la possiede già ?-
-La seconda, credo.-
-Perfetto, ha letto tutte le istruzioni quindi servono soltanto i suoi dati anagrafici. Dov'è nato, data di nascita e nome completo prego, poi firmi qui.-
-Ehm, sono nato a Kiel, nel Marzo, il quattro Marzo del 1945. Mi chiamo Noah Schwarzeinweiß.-
Poi firmai, e sentendomi un po' su di giri tornai verso casa, ormai avevo anche perso l'appetito, magari se Rick aveva risparmiato qualche ortaggio, potevo addentare quello e poi schiacciare un pisolino, sarebbe stato perfetto. Misi in moto la mia vecchia Mustang, e tornai a casa.

Appena parcheggiato notai dei segni sul terreno proprio davanti al vialetto di casa, così mi feci più silenzioso, avvicinandomi sempre più alla porta. Sentivo dei rumori, rumori ovattati di cose che venivano spostate qua e là per casa mia. Se c'è una cosa che odio, è che qualcuno entri senza permesso in casa mia e metta in disordine il mio caos.

Stranamente il fucile da caccia attaccato appena sopra il camino, era rimasto lì ancora carico. "Strano", pensai. Quale razza di idiota viene a rubare sapendo di avere un vecchio sclerotico armato di fucile in casa.

Mi avvicinai alla cucina. Per un breve momento i rumori cessarono, mi aveva forse sentito? Poi ripresero più fragorosi che mai, era come se qualcuno stesse buttando in terre piatto dopo piatto, tutto ciò che avevo nel lavandino. Mi feci coraggio, e con un urlo di guerra mi piazzai proprio davanti alla porta. Ma quello che vidi non fu un ladro intento a distruggermi tutte le porcellane, ma un cane lupo spelacchiato che cercava in tutti i modi di acciuffare Rick, che si era nascosto dentro una ciotola di riso in mezzo ai piatti sporchi.

Fui costretto a sparare, ma non riuscii a prenderlo in quanto si avvicinò con molta agilità e tentò di azzannarmi una gamba. Così, preso dal panico iniziai a correre sul porticato, lasciandomi cadere dietro oggetti, ed usando le lenzuola appese dietro per offuscargli la vista, ma il cane era veloce. Arrivato accanto all'orto notai una vanga poggiata al lato della staccionata, era piena di polvere e muffa, ma sembrava ancora bella solida. Mi posizionai spalle al muro della casetta di legno dov'era la lavanderia, ed una volta che quel cagnaccio si liberò il capo dalle mie lenzuola di flanella, ricominciò a cercarmi ringhiando. Si acquattò all'ingresso del mio orto, annusando prepotentemente il mio odore, fece appena capolino e si girò verso di me. Quella fu l'ultima cosa che vide, un vecchietto sudato in canottiera che, paonazzo per la fatica, tirava su una vanga e gliela conficcava dritta fra capo e collo.

Mi sbarazzai solo quella sera del corpo, e fui costretto a lavare tutta casa durante la giornata. Quel cane per me aveva la rabbia, e non è proprio molto indicato mangiare o dormire dove poteva essersi strofinato.
Alla fine non sembrava più nemmeno casa mia, riuscivo persino a vedere il pavimento, e scoprii di avere anche una lavastoviglie appena accanto al forno. L'unica cosa rimasta fuori posto, ero io. Avevo la barba ormai fino al petto. I capelli erano ridicolosamente lunghi, ma soltanto ai lati, poichè mi avevano abbandonato appena compiuti i quaranta anni di età. Erano biancastri, mentre il viso si era riempito di lentiggini. E santo cielo Noah, dovresti smettere di bere, dissi a me stesso. Quelle profonde occhiaie bluastre sembravano fatte d'inchiostro.
Presi il rasoio elettrico, e tagliai i capelli più corti che potevo, mentre aggiustai la barba di una media lunghezza, decisamente più guardabile. Mi chiedo come abbia fatto a non accorgermi dello stato nel quale ero. Iniziavo quasi a capire i vicini, convinti che fossi andato fuori testa già un annetto fa. Mi sedetti poi sulla poltrona, e Rick si avvicinò al suo cuscino preferito, dove si accucciò in modo ridicolo-

samente tenero. Poi presi un sorso di rum direttamente dalla bottiglia, ed a patto di tenere un buon ritmo di sonno durante la notte, me ne concessi altri due-tre bicchieri, prima di crollare nella medesima posizione di sempre.

I giorni successivi furono stancanti, ma piacevoli. Mi recai in città per prendere delle tende nuove, tovaglie nuove, piatti nuovi e così via. Decisi perfino di comprare un guinzaglio a Rick, e lo portai con me lasciandolo legato ai posti posteriori della macchina. Feci anche un'abbondante spesa, e sistemai l'orto in vista della primavera, tolsi tutto il raccolto per poi sistemare il terreno in posizione fertile. Portai anche una cuccia vera a Rick, che sembrava adorarla da morire. Anche se spesso scappava via, e tornava dopo giorni, a volte settimane. Mi stavo quasi dimenticando della gita, quando arrivò dalla posta una lettera di ricevuta pagamento per la quota del viaggio. -Ah bene, vedi? Dovrò andare via, me ne stavo quasi dimenticando. Ce la farai a non sparire per tempo? Altrimenti dovrò lasciarti in mezzo alla campagna!- Ormai era normale per me conversare con un opossum. Iniziai a realizzare che mi serviva minimo una valigia, e dopo una breve gita in soffitta (non ci andrò mai più, odio i ragni), trovai il vecchio trolley di quando mia moglie fu ricoverata per l'appendicite. Entro tre giorni feci le valigie, per poi controllare e ricontrollare la casa in modo da non essere preoccupato durante il viaggio.

Arrivò quel giorno, e dovetti lasciare Rick da solo. Mi alzai dal letto senza aver chiuso un occhio tutta la notte, in preda ad attacchi di panico e sentimenti contrastanti. Ma era passato troppo tempo da quando non facevo qualcosa per me, allora mi convinsi che ne valeva la pena e che in fondo, se qualcuno non mi andava a genio, potevo fargli una pernacchia e girarmi dall'altro lato.

Scesi piano le scale alla ricerca di Rick, per dargli un ultimo saluto prima di lasciarlo una settimana, gli avevo già preparato scorte di croccantini in una bottiglia abbastanza grande, messa alla rovescio con un buco sulla base al lato, così man mano che mangiava sarebbe uscito altro cibo.

-Rick? Dove diavolo sei, ragazzone?- Lo cercai per un quarto d'ora invano, poi mi resi conto che era andato via di nuovo. Probabilmente era sgattaiolato fuori dalla finestra della cucina ieri sera, ma io ero troppo brillo per accorgermene subito. -Al diavolo.- Presi la valigia e la trascinai per le scale, dove per ogni scalino faceva un tonfo sordo e breve. Presi degli occhiali da sole, le chiavi della macchina dal piattino posto sul mobile vicino l'ingresso e poi uscii. Rientrai dopo qualche secondo, avendo dimenticato la ricevuta.

Il luogo d'incontro era un vecchio benzinaio chiuso ormai da dieci anni, in mezzo al nulla più totale. Parcheggiai la mia Mustang V8 arancione molto perplesso, davvero avrei dovuto lasciarla qui? Proprio qui dove non c'è

niente e nessuno a controllarla? Scesi prima per dare un
occhiata, e chiesi ad una donna sui settanta, che fumava
una sigaretta con aria molto pacata. -Scusi buongiorno,
saprebbe dirmi per andare in gita, dove dovrei parcheggiare la mia auto?- Lei mi guardò e sfoggiò un sorriso coi
suoi denti di porcellana anneriti.
-E che cazzo ne so io, tesoro. Mi ha accompagnato qua
mia figlia, mica ce li ho più gli occhietti vispi per guidare.
Ma so riconoscere un bell'uomo quando lo vedo quindi,
piacere. Mi chiamo Serene.-
Le strinsi la mano cercando di fare buon viso a cattivo gioco. Se fossi stato scortese già in principio, probabilmente
sarebbe stato un inferno totale. Quella donna aveva un
non so che di viscido, forse sarà stato il color rossastro
dei capelli crespi, oppure il modo ridicolo di vestire. Non
saprei. Poi era esageratamente magra e piena di rughe.
Non feci in tempo a finire le mie critiche che arrivò il pullman, con una scritta rossa fiammante sul lato. -Beh tesori-
no che fai? Non prendi i bagagli?- Mi voltai e con tutto il
coraggio che avevo mi affrettai a raggiungere la mia Mustang, che avevo parcheggiato proprio sul retro del bar abbandonato al fianco delle pompe di benzina. Presi la mia
valigia e la imbarcai sotto al veicolo, poi salii facendo passare Serene prima di me, e la visione del suo culo flaccido
che sculettava davanti alla mia faccia mi accompagnò per
tutto il viaggio fino ad Oslo.

# Capitolo 4
# Vietnam, 1971

Iniziò tutto nel campo di addestramento dei Marines a Parris Island, South Carolina. Giù dal pullman e 40 secondi per l'adunata. Pioveva e stavamo tutti morendo di sonno. Non ci conoscevamo ancora, e non volevamo quasi. Gli istruttori ci urlavano addosso, ma non mi davano molto fastidio, mio padre urlava nello stesso modo, ed io avevo imparato a non essere intimidito da tale fervore.

Pregavo, pregavo tanto. Non sarei mai più stato così devoto al Signore in realtà. Direi proprio che il settantuno fu il suo anno migliore con me.

Mi trovavo a bordo di un elicottero pronto a scortarmi nel bel mezzo della guerra. L'aria puzzava di napalm che era stato scaricato a tonnellate nella giungla durante gli anni e c'erano persone che correvano, altre che sparavano, altre ancora stese morte sul fango, potevo vedere il sangue uscire fuori dalle ferite, ne sentivo quasi l'odore, per quanto possibile data quell'acuta nota di chimico.

Ne morivano tanti. Vietcong, Americani, immigrati americani. A volte anche infermieri, dottori. Non mi sono mai trovato in condizione di dover uccidere un uomo, lo finivo piuttosto. Avevo sempre evitato, fino a quel momento, di imbattermi in qualche sorta di scontro, la guerra non era poi davvero assurda come si credeva. L'uccisione era assurda, per me. Ma non la guerra. I soldati che non arrivavano di propria intenzione all'uccisione del nemico, venivano drogati con eroina e robe varie, finché i cinque minuti non salivano alle cervella, ed il primo sfortunato vietcong che gli si piazzava davanti, era bello che spacciato. C'erano sacchi neri pieni di cadaveri ovunque, l'aria era molto umida.

Arrivai così nel villaggio dove i soldati si erano accampati e sistemati. C'era una guida che controllava la zona, mentre i generali risiedevano dentro le tende verdastre e bagnaticce. Iniziai subito. Mi misero di guardia in cima ad un mucchio di scarti, quando iniziò a piovere proiettili dentro tutto il villaggio. Il mio compagno di viaggio morì, così come un generale e qualche guida. Io rimasi li acquattato in silenzio, ed iniziai subito col piede giusto. Non volevo combattere, gli americani non avrebbero mai vinto quell'ingiusta guerra. Così iniziai a camminare. Mi nascosi dapprima per quattro giorni nelle paludi, per poi essere ritrovato e portato a calci in culo sopra un elicottero, destinazione, una delle basi per un successivo smistamento. Lì conobbi Dane, un ragazzo di ventisei anni che aveva la guerra nel sangue. Odiava quei "fottuti musi gialli", come affermava lui stesso. Lo vedevo sempre usare violenza anche dove non era necessaria. Nei villaggi, con gli uomini disarmati e donne, bambini. Nessuna distinzione. Era robusto, forse era stato in carcere, aveva una cicatrice insolita che gli attraversava la parte destra del volto. Era molto più alto di me, occhi chiari e radici di tabacco sempre in bocca. Non si drogava, o perlomeno di sua volontà. Mangiava tutto quello che poteva, quello sì, e quando arrivava a qualche villaggio prosperoso, sceglieva una donna e la risparmiava per un quarto d'ora.

Durante una missione in villaggio, la sua furia fu bloccata da una pallottola di un fucile americano inceppato. Non fece in tempo a scappare che arrivarono i rinforzi. Io rimasi lì, a guardarlo cadere in ginocchio a terra, non avevo ancora ucciso nessuno, e non lo avrei mai fatto finchè mi supplicò di finirlo, agonizzando esanime.

Finii in trincea. Vidi volare più arti che granate in quegli anni, ma riuscii sempre a trovare un posto in grado di non essere troppo scoperto. Consumai tantissimi proiettili contro cumuli di terra, i vietcong tiravano granate e sparavano qua e la. A quel punto fuggivo in ritirata. Non mi piace parlare della guerra, non mi piace esserci stato e a volte penso che se solo avessi avuto la stessa foga di Dave, probabilmente sarei morto, ma non avrei vissuto questi anni come spettatore impotente e consapevole dell'enorme sbaglio che stavo commettendo.

Per me, fino al settantatre, fu come se avessi ucciso lo stesso.

Tornai da mia moglie giusto in tempo per sentire alla radio l'annuncio della sconfitta Americana.

-Ha vinto il comunismo!- La gente si esaltava come ad aver combattuto in prima persona in quei territori melmosi di sangue. Allo stesso tempo mi trovai di fronte ad una doppia sconfitta. Anna bramava una famiglia, qualcosa di concreto oltre che un tetto sopra una testa. Così ci sposammo, e tentammo più volte di avere un bambino. Speravamo davvero con tutto il cuore di poter far fruttare il nostro amore con la cosa più bella che possa mai esistere, la vita. Purtroppo arrivarono i risultati delle nostre analisi, e non c'era niente che potessimo fare. Anna era sterile, ed io decisamente poco rallegrato da ciò. Così adottammo un cane, Buzter. Era un massiccio pastore tedesco che amava tanto le coccole quanto fare i dispetti a me e mia moglie. Passammo una bellissima parte della nostra vita in quella casa Americana, ed io mi cimentai per la prima volta nella creazione di circuiti semplici e banali per lampadine, fino a riuscire a fare tutte quelle piccole riparazioni consuete nell'ambito domestico.

Arrivò il giorno della mia assunzione in una fabbrica di apparecchi telefonici, ed io ero lì giorno e notte a contare schede ed assemblare cornette.

Passò relativamente poco, forse qualche mese, ed il mio campo lavorativo cambiò. Ero responsabile assieme ad altri venti colleghi, dell'assemblaggio ed il controllo di piccoli chip verdi che sembravano molto sofisticati. Tutti si chiedevano cosa fossero ed ogni volta la risposta era qualche verdone in più per dimenticare la domanda. Non avevo mai visto nulla del genere, ma riuscii a portarmene a casa un pezzetto alla volta.

Ne ricostruii uno intero, e collegandolo alla batteria di un telecomando lo feci accendere. La corrente lo attraversava, ma non accadeva nulla di fatto. Il giorno dopo venni licenziato, essendo accusato di manomissione del lavoro e di inadeguatezza. Mi confiscarono ciò che avevo sottratto e costruito a casa, mi fecero milioni di domande senza senso, per poi dileguarmi come fossi un buono a nulla. Mia moglie mi disse di "imparare a farmi gli affaracci miei, o saremmo rimasti a dormire sotto un ponte", ma io le feci notare che di ponti nei dintorni non ne avevano ancora costruiti, così dormii insieme a Buzter, nel soggiorno, per una settimana.

# Capitolo 5

Se pensate che da Tolga all' aeroporto di Oslo ci vogliano più o meno cinque ore, beh vi sbagliate. Forse non siete mai stati in viaggio con un gruppetto di vecchietti con l'incontinenza cronica. Pensare che durante le prime tre soste mi domandavo anche il perché di un'alzataccia così mattiniera.

Certo però, queste compagnie di viaggi erano ben preparate. La guida non era ancora con noi, sarebbe giunta soltanto a metà percorso, ci aspettava ad Oslo, per l'appunto. Come degli scolaretti elementari, chi aveva avuto come regalo il viaggio era lo stesso che veniva tutelato dall'agenzia, la quale era responsabile di qualsiasi cosa gli accadesse. Da un lato ero sollevato di non aver avuto figli, in quelle situazioni specifiche. Non vorrei mai esser visto come un peso da mio figlio, e nemmeno essere scaricato a visitare un qualche Lager in Germania per non stare in mezzo alle balle mentre sua moglie prepara le frittelle la mattina, mio nipote gioca e lui è occupato a ripulirmi la bava dalla bocca perché ho l'alzheimer.

-Che vita di merda.- Dico mentre mi tiro su la zip dei pantaloni per la prima e l'unica volta nel bagno dell'autogrill durante il viaggio.

-Beh, perlomeno tu riesci ancora a pisciare!- Girando il collo verso la destra, trovo un insolito vecchietto alto e secco che se ne sta appoggiato all'orinatoio. Lo guardo per un po' con interrogazione, per poi vederlo maneggiare con i pantaloni.

-Oh no, su la prego non mi faccia inorridire.- Mi volto per andar via quando lui mi ferma e mi mostra un catetere quasi pieno.

-Vedi? Almeno tu puoi pisciare in pace!-

La nota di tristezza delle sue parole mi fece rabbrividire. Ed allora una domanda mi sorse spontanea:

-Ma allora perché vieni al bagno, e contribuisci a far fermare quel cazzo di autobus ad ogni singola piazzola?-

Sgranai gli occhi in attesa di una risposta.

-Beh vedi, hai presente Serene, la rossa con la voce rauca e degli occhi fantastici? Beh, ci crederai o no, ma alle signore nasce la speranza se pensano che tu non abbia bisogno di questo coso qua. E tu vecchio mio, sei più che fortunato a non averlo per davvero.-

-O signore.- Me ne andai da quell'autogrill puzzolente, riprendendo il mio posto a sedere, mentre il tale che avevo al mio fianco aveva smesso di sbavarsi sul pullover verde vomito.

-Piacere, io sono Franco.- Sorrise, aveva degli occhiali tondi e piccoli poggiati sul naso, capelli bianchi ai lati della testa e un peso notevole. Tutto sommato sembrava un tipo apposto, ma volevo che lui ed i suoi rossi zigomi stessero il più possibile zitti.

-Franco, sono Noah e me ne sto per conto mio o dovrò cambiare posto, quindi a meno che tu non voglia il bello addormentato con la dentiera sulla spalla li giù al tuo fianco, lasciami nella pace e beatitudine del mio mondo interiore.-

Il vecchio sembrò lievemente turbato, poi tornò a sorridere innocente alle sue parole crociate, compilandole di tanto in tanto.

A quel punto sentii picchiettare sulla mia spalla.

-Scusi, ha un fazzoletto per caso?- Eccolo lì, un altro anziano sdentato e tremolante. Porsi un fazzoletto, e questo lo guardò per circa trenta secondi, per poi poggiarlo sul sedile di fianco, accartocciandolo, accatastato assieme a molti altri. Mi guardò per un breve lasso di tempo, poi mi chiese: -Scusi, ha un fazzoletto per caso?- Così gliene porsi un altro ancora, e lo guardai ripetere lo stesso identico gesto, accatastandolo assieme agli altri. -Scusi, ha un fazzoletto per caso?-

-Amico, te ne ho appena dati due!- Rimase inebetito porgendomi la mano, aspettando un altro fazzoletto.

-No dico, non li hai nemmeno usati davvero! Guarda a sinistra, guarda! Hai fatto così anche con gli altri?-

Il vecchietto si guardò il sedile scuotendo la testa: -Ah questi giovani, lasciano tutto sporco. Scusi, ha un fazzoletto?-

Guardai Franco, una goccia di sudore correva sotto la stecca dei suoi minuscoli occhiali mentre era più che concentrato in un'orizzontale. Decisi di fare un sonnellino.

Arrivammo all'aeroporto di Oslo appena in tempo per prendere il volo, ovvero due ore prima della partenza, dato che se si può immaginare quanto difficile debba essere condurre una scolaresca di bambini, si può sicuramente immaginare anche quanto sia ancor più difficile condurre una scolaresca di vecchietti incontinenti.

La guida era più avanti che ci aspettava, aveva già fatto imbarcare i nostri bagagli mentre uno ad uno ci recammo nei bagni per poter evitare il bagno durante il volo. Franco era lì che si lamentava della mancanza di carta con la direzione, mentre il vecchietto dei fazzoletti correva con il rotolone di carta del bagno verso il suo zainetto. Non poteva andare meglio, quando Serene mi si piazzò davanti. -Allora Noah, come mai in vacanza? Hai bisogno di... svago?- Si avvicinò prepotentemente al mio mento, ed io cercai di scansarla. -Sì beh, ho vissuto in Germania. Vorrei rivisitarla, ecco.-

-Te la faccio vedere io se vuoi la Germania!- Rise e si allontanò, mentre nella mia testa saltavano fuori solo immagini disgustose di quella zitella flaccida e puzzolente. Aveva un profumo sicuramente estratto dall'ascella di qualcuno con una cipolla. Nauseante.

Saliti sull'aereo sembrava tutto normale e tranquillo, forse perché quasi tutta la scolaresca ultra ottantenne si era auto-somministrata un tranquillante per il viaggio che la fece dormire come dei pesci lessi. Tutti tranne il vecchietto sdentato che continuava a chiedere fazzolettini alle hostess. Il viaggio fu abbastanza breve, così appena atterrati in Germania, iniziammo a dirigerci in Hotel. Prendemmo un altro pullman che ci condusse vicino Berlino. Passai la prima notte in grazia di Dio dopo molti anni di affanni e insonnia, forse la stanchezza del viaggio. Ci alzammo poi alle sei del mattino per raggiungere uno dei musei guidati, così eccoci di nuovo in pullman per quasi tre ore.

Non ne potevo davvero più, tutte queste cazzo di soste, ed ora eccone un altra ad un bar. Scendemmo così in un posto decisamente di cattivo gusto. L'insegna era rosa, scritta a caratteri cubitali sulla cima del negozio, che girava con un sistema meccanico. Avrei tanto voluto sparare proprio al centro di quel neon così chiaro da far male agli occhi.

Entrai nel locale, constatando che era schifosamente arredato con pezzi anni ottanta. Una sedia girevole a forma di labbra, un tavolino blu con delle gambe di donna, una lampada a forma di dente. "Cavatemi immediatamente gli occhi", pensai.
Cercai con lo sguardo il bagno, e volevo farlo prima di cadere in preda alla sindrome di Stendhal, ma in negativo.

Presi un lungo respiro, una donna seduta al tavolino tremava visibilmente mentre scriveva qualcosa su un fogliettino stropicciato. Stava fumando una sigaretta, erano ormai anni che non sentivo nemmeno più l'odore di quest'ultima.

Quando Anna iniziò a cedere di cuore, dovetti cessare la mia brutta abitudine di fumare in casa, alla fine per non lasciarla sola decisi di abbandonare direttamente il fumo ed il sigaro.

Decisi di avvicinarmi e chiederne una con disinvoltura.
-Scusi, le posso chiedere una, ehm, sigaretta?-
Lei borbottò qualcosa in tedesco e mi lanciò il pacchetto contenente tre sigarette in faccia, così ne presi una e la misi sopra l'orecchio sinistro, mentre mi accingevo a percorrere un lungo corridoio adornato da carta da parati sfacciatamente arancione e futuristica. Poco più avanti si trovava una porta bluastra scolorita, con scritte e graffiti ed una targhetta citante "Toilette". Spinsi piano la porta, possibile che non avessi notato gli altri appropriarsi del bagno prima di me?

-Noah bello, dovrai aspettare prima noi!- Mi disse Franco con quel suo tono così felice ed accomodante. Dopo tutto, era abbastanza scontato che un locale del genere non possedesse bagni separati, e che la fila con quei cacasotto sarebbe stata interminabilmente lunga. Notai una porticina d'emergenza con un maniglione ampio e verde, ed un'insegna al neon sopra raffigurante un omino intento ad attraversarla: "beh, la natura chiama" pensai e spinsi la porta dalla maniglia senza dare nell'occhio, ed in un attimo fui nel retro desertico ed arido di quel localetto da quattro soldi. Improvvisamente mi ricordai delle sigarette tirate da quella tipa completamente ubriaca, così tastai la mia giacca in pile rossa e le trovai proprio lì dove le avevo messe, nella tasca laterale. Mi ricordai poi della sigaretta sull'orecchio, e cacciando una risata le riposi con cura e me la poggiai sulle labbra, tirando un po' a vuoto. Il sapore del tabacco mi era sempre stato gradito, quale momento migliore per riprendere un brutto e vecchio vizio, se non quello di farlo quando si è ormai vecchi e brutti?

Mi guardai attorno, mi serviva un accendino e dovevo anche fare in fretta, altrimenti mi avrebbero lasciato lì a marcire come la carta da parati nel cafè. Mi guardai attorno e vidi un giovane ragazzo sulla trentina, alto pressapoco come me che se ne stava poggiato alla sua macchina rossa fiammante.

-Hey giovane, non è che per caso ti ritrovi un accendino?-

Il ragazzo si avvicinò precipitosamente a me, porgendomi l'accendino, ed una volta accesa la sigaretta iniziai a tirare con molta foga. Lui mi fissava con aria curiosa, ed io continuai a fumare facendomi cadere un po' di cenere ardente proprio sulla giacca in pile che indossavo, questa si bucò immediatamente facendomi imprecare, ed un grosso buco

contornato di nero faceva adesso contrasto con la mia felpa blu. Il ragazzo era ancora lì a guardarmi, così iniziai a
parlarci.

-Insomma? Hai tanto da guardare? Non hai mai visto un
vecchio riprendere a fumare in pace?-
Il ragazzo si avvicinò al mio orecchio, e battè gli occhi due
volte per poi dire: -La Regina ha trovato i suoi cani.-
-Dico, ti sei fumato il cervello, oppure la mia non è una sigaretta? Cosa diavolo dici figliolo?-
-Andiamo su, non faccia finta di niente, la Regina ha trovato i suoi cani!-
-Beh, meno male per lei allora.- Risposi scuotendo la testa, questi ragazzi escono sempre più suonati. Forse è colpa di tutte le schifezze che mettono nella carne per farla
bella succulenta e dolce. In Norvegia non ce ne sono di
questi problemi ma ahimè, nelle grandi città dove non si
conservano sani ed etici principi, si finisce per avvelenare
le mucche e carezzare centrali nucleari.

Sentii appena in tempo il fischio di richiamo della guida
del pullman, segno che ci rimanevano circa dieci minuti
per rimontare i cateteri e salire a bordo, così decisi come
in principio di fare i miei bisogni all'esterno di quello squal-
lido posto, ne avrei soltanto abbellito i muri. Mi sbottonai i
jeans e il ragazzo si avvicinò di nuovo. Era sudaticcio, e
continuò:

-Dai su, cazzo doveva essere quello il codice, no? Per favore andiamo dobbiamo sbrigarci!-

-Giovane, fammi pisciare in pace!- Mi strattonò via e per poco non me la feci sulle scarpe, mi sistemai e gli dissi che molto probabilmente si sbagliava.

-Il mio nome è Noah, non credo sia io la persona che stai cercando perché vedi, io faccio parte di quella comitiva lì giù.- Gli indicai i miei compagni salire sul pullman, cercandomi di raggiungerli, ma lui mi fermò.

-No aspetta, cazzo, cazzo!- Esclamò portandomi nuovamente all'interno del bagno di quel posto.

Iniziò a bussare a tutte le porte, a guardare in tutti i modi possibili, alla ricerca di qualcosa.

-Cosa stai cercando, che stai facendo?! Se non mi sbrigo a raggiungere quel dannato pullman, addio a tutta la mia vacanza!-
Così mi fece cenno di allontanarmi leggermente e spaccò la porta della suddivisione per le toilette con un solo calcio.
Lì dietro giaceva un uomo sulla sessantina, maglione blu ed occhiali da sole, aveva una ferita all'altezza del petto, ed il ragazzo con me, imprecò copiosamente. Cercò poi qualcosa attorno al corpo e scattò in piedi guardandomi.

-Cazzo, dobbiamo andarcene da qui! O faranno fuori anche me, probabilmente anche te!-

Lo vidi entrare in macchina. Era di colore ed abbastanza robusto, con un movimento agile montò ed accese il motore. Corsi dietro di lui chiedendogli spiegazioni, ma dovemmo sbrigarci e partire a tutta birra.

# Capitolo 6
# Rockford, Illinois, 1974

Passai davvero poco tempo con mia moglie.

Era una notte di mezza estate, quando degli uomini vestiti di tutto punto bussarono alla mia porta e senza nemmeno darmi il tempo di fare la valigia, o cambiarmi le mutande. Erano atterrati con un grande elicottero nero proprio nel bel mezzo del mio modesto campo di grano, feci quasi per lamentarmi quando due omoni mi porsero un enorme cappotto, uno di loro aveva una cicatrice proprio sopra il sopracciglio destro, mentre all'altro spuntava una grande bruciatura dalla scollatura della camicia. Quei due non promettevano bene.

L'elicottero si fermò dopo circa un'ora e riconobbi l'entrata di un aeroporto. Salimmo così su di un aereo abbastanza grande, grigiastro senza scritte o numeri di identificazione. Le scalette erano strette, e quei due mi quasi spinsero all'interno della porticina, facendomi sbattere la fronte sul metallo. Appena entrato non mi sentii più come un ostaggio ma fui sorpreso dalla classe con la quale era arredato. Sedili di pelle beige e tavolinetto per i pasti con tanto di vino nel centrotavola. Per non parlare del parquet che percorreva tutta la parte centrale dell'aereo fino alla

cabina di pilotaggio. Doveva essere il mio giorno fortunato. Mi condussero verso un tavolo con un sedile, ed un uomo si mise davanti a me, con un grande tovagliolo legato
al collo, poi udii la spia delle cinture di sicurezza suonare,
così sia io che i due tipi loschi la allacciammo all'unisono,
dato che loro occupavano dei posti più avanti e continuavano a fissarmi con intensità, notai subito quel gesto. Il signore che avevo di fronte era grasso e sudato. Aveva dei
baffi molto grandi, che gli coprivano quasi tutta la bocca,
color cioccolato fondente. Si schiarì la voce ed iniziò:

-Quindi lei è proprio Noah Schwarzeinweiß?-
-Solo Noah, prego.- Parlava un tedesco scolastico, ma riuscivo a capirlo molto bene.
-Mi presento, io mi chiamo Russ e sono stato incaricato di
scortarla nel più gentile dei modi dal mio superiore, beh
diciamo IL superiore.-
Lo guardai un po' perplesso, ed abbastanza spaventato.
-Non si preoccupi Noah, non si tratta di nulla di troppo im-
pegnativo solo, di informazioni. Vede, lei ha qualcosa che
ci interessa particolarmente.-
Scossi la testa e rimasi un attimo interdetto mentre veni-
vo servito da un cameriere che versava vino ad entrambi,
per poi portare un piatto con delle grandi e fumanti orate.

-Signor... Russ. Credo proprio che lei si stia sbagliando. Io
non ho proprio niente. Se parla della guerra, io ho fatto
solo quello che mi sentivo. Ho aiutato gli Americani finché

ho potuto, il resto non faceva per me, è stato tutto un grandissimo favore che in realtà ho fatto alla mia famiglia, cioè a mia moglie. Mi serviva la cittadinanza, ecco tutto.-
-Si fermi Noah, non sono qui per conto degli Americani. D'altro canto mi creda, non serve l'onestà per entrare nell'esercito e nemmeno per combattere nel fronte in Vietnam.-
-Lei sa del Vietnam?-
Il signore baffuto annuii mentre si puliva gli angoli della bocca con quel suo bavaglino di carta.
-Noah, deve sapere che noi sappiamo molte cose di lei. Diciamo che nemmeno noi siamo stati così tanto leali e corretti con gli americani, ecco.-
-Non capisco.-
-Capirà fra un attimo, mi creda. Adesso finiamo la nostra portata e godiamoci il paesaggio.- Fece una breve pausa e poi aggiunse:
-Ah Noah, quel cappotto che ha lì in grembo, lo dovrà usare fra qualche ora.- Annuii finendo ciò che avevo nel piatto, ed ignaro del mio destino, mi addormentai poche ore dopo.


Mi svegliò la sensazione tremenda dell'atterraggio. Odiavo prendere l'aereo eppure, a quanto pare non era un sogno ed ero ancora lì.
-Ma quante ore sono passate?-
L'uomo baffuto, Russ, sedeva un posto dietro al mio, e

con una risata si preparava per alzarsi appena l'aereo avesse toccato terra.

-Quattordici ore, ragazzo. E' tempo di fare la conoscenza di chi ti ritiene importante.-

Mi stropicciai gli occhi e mi tirai in piedi, avevo il cappotto sulle gambe così lo presi e lo infilai. Appena in tempo per guardare fuori dalla finestra e notare un paesaggio innevato. Per quattordici ore di viaggio, potevamo essere ovunque ma comunque lontanissimo da casa.

I due ceffi della sera prima sembravano scolpiti, non erano scomposti di una virgola. Mi condussero fuori dall'aereo ed una brezza freddissima mi colpì il viso. Ecco che capii il perché del giubbotto.

Dopo qualche minuto di cammino esposti alle intemperie, mi condussero all'interno di una grande porta metallica apparentemente installata sul lato di una grossa montagna innevata. Riuscivo a vedere la vetta, dove il vento soffiava ancora con più impertinenza. La porta si aprì improvvisamente producendo un suono simile al sibilo di una macchinetta per il caffè, ed all'interno sorgeva una piccola camera rossastra con dei tasti ai lati, era un ascensore e di quelli belli moderni. Con tanto di tasti.

Contai le lucine che si accesero per ogni piano in sotto, con i due ceffi bruti ai lati, scortato quasi come un politico, un ridicolo piumone in spalla ed eccoci ventidue piani sotto terra, si aprì lo sportello e mi trovai un'anticamera scura proprio davanti a me, che si aprì gentilmente lasciando una fessura dalla quale passava una luce fredda soffusa.

-Prego Schwarzeinweiß. - Una voce bassa e rauca mi invita ad attraversare la porta, così lo feci cautamente. Mi accolse un uomo molto alto e robusto, senza capelli e con una divisa che non apparteneva sicuramente agli americani. Così allargò le braccia alzandosi dal retro della sua scrivania imponente, e mi venne in contro sorridendo.

-Il mio nome è Jakov Petrovič. Generale Jakov Petrovič. Tu sei qui per parlare di affari con me.-

Aveva un accento slavo, decisamente marcato. Mi fece cenno di sedere sulla sedia di fronte a lui mentre si sistemava con una gamba sul bordo della scrivania, e l'altra come appoggio.

-Allora Schwarzeinweiß, posso avere il piacere di porti qualche domanda?-

Esitai, ed abbastanza preoccupato mi sedetti davanti a Jakov, che incrociò le mani e le lasciò cadere sulla sua pancia.

-Certo signore, ma vede io ne parlavo anche con Russ, io non ho niente, non so cosa potete volere da me.-

Il russo mi guardò di sottecchi per poi sbottare in una fragorosa risata, e scuotendo la testa mi rimproverò:

- Schwarzeinweiß, mio carissimo Schwarzeinweiß, ne potrebbe dipendere della tua vita adesso, capisci? Se stai parlando con me significa che non sono partito con l'intenzione di considerarti nemico solo perché vivi col nemico, capisci?- Prese fiato per poi incupirsi e scattare in piedi, battendo il palmo della mano sulla scrivania e facendomi sussultare.

-Ma se tu mi rispondi di non sapere niente, senza nemmeno che chieda cosa voglio da te, sento soltanto un grande bisogno di stritolare un nazista americano che sta insultando la potenza dell'Unione Sovietica.-

Annuii con una notevole foga, per poi deglutire lentamente e fare la fatidica domanda.

-Quindi cosa vuole l'Unione Sovietica, da me?-

Il generale Jakov Petrovič tornò tranquillo e si avvicinò al mio volto, mentre guardava con soddisfazione i due omoni che mi avevano scortato fin lì.

-Lei ha avuto a che fare con una tecnologia americana a noi molto utile, Schwarzeinweiß.-

-La prego mi chiami Noah.-

-Bene, Noah. Lei è in possesso di qualcosa che ci interessa, e che intendiamo comprare, come è giusto che sia, in cambio del vostro silenzio.- Lo guardai pensieroso, per poi cercare una via d'uscita.

-Non ho ancora ben capito di cosa si tratti.-

Il generale si avvicinò ancor di più.

-Si tratta di nano tecnologia, Noah. Circuiti piccolissimi in grado di poterti dire chi sei, cosa fai, cosa dici e anche se stai andando nel bagno a fare i tuoi bisogni.-

Scoppiò poi in una risata secca ed improvvisa, sputac-
chiando qua e là.

-Ci ha lavorato su probabilmente anche senza saperlo, in
una fabbrica di telefoni. Suvvia, si sa che non siamo stati
proprio sempre corretti e coerenti verso l'America, non c'è
da stupirci se sappiamo un po' di cosette. Quello che lei
un giorno si è portato in casa per manovrare e smontare,
è finito in un fascicolo di rapporto della CIA americana, dove è stato classificato come ladro di proprietà governati-
va.-


Sgranai gli occhi e mi resi conto di aver messo mano su
qualcosa che non era propriamente parte di un telefono a
disco.


-Quello che l'America ha prodotto e che tu ci venderai, si
chiama GPS. O meglio, ricevitore di GPS. Quella piccola
schedina verde ti permette di sapere gli spostamenti di
chiunque tu voglia, quindi ora tu ci venderai il progetto o
quello che ti rimane.-


Ero molto confuso, non avevo capito esattamente come
un congegno del genere potesse funzionare, ma un po' di
soldi erano sempre comodi, così mi feci forza e promisi di
consegnare tutto quanto quello che avevo, i miei piccoli

studi e qualche pezzo rotto rubato dalla fabbrica in cambio di dieci milioni di dollari, che a quanto pare non erano così tanti a detta del generale dell'Unione Sovietica.

# Capitolo 7

Ci trovavamo a sfrecciare su una strada che sembrava infinita, nonostante la velocità a cui stavamo andando. Il paesaggio era abbastanza decadente, palazzi grigi e scritte tutt'intorno ci abbandonarono poco dopo, mentre percorrevamo una strada assolata e quasi priva di vegetazione. Mi girai e vidi il ragazzo sudare freddo, lui estrasse la pistola e la posò sulla tasca frontale del cruscotto, che sporgeva appena verso di noi, ed io mi feci indietro con un lieve balzo.

-Aspetta aspetta, sarai mica un mal vivente o qualcosa del genere, vero?- Lo guardai mentre si toglieva la giacca e guidava con una mano soltanto.

-Cosa? No, senti prendi li dentro, nella tasca del giubbotto c'è il mio portafogli, prendilo e aprilo.- Sbagliai tasche per ben due volte, poi finalmente lo presi con cura e cercando un lato lo aprii.

-Ah, bene, polizia di Berlino quindi. Allora sto con i buoni?-

-Una pistola! Era tempo che non ne vedevo una!-
Una voce risuonò senza preavviso dal sedile posteriore della macchina.

-In effetti, non è nemmeno quella che consiglierei ad un poliziotto, la sicura è da cani.-

Io ed il giovane ci girammo, ed abbassando lo sguardo vidi Franco con il suo pullover di lana tutto contento e col riporto spettinato, che prendeva in mano la pistola e la guardava come fosse un gioiello.

-Ma che cazzo ci fai tu qui?- Cercai di capire come poteva essere entrato un uomo così panciuto, fra i sedili anteriori e posteriori di quella macchina sportiva.

-Beh, ti ho visto litigare con questo ragazzo, poi ho sentito che se non correvate via vi avrebbero ammazzato. Sono corso via anche io e mi sono infilato qui, le chiavi erano inserite e la macchina aperta.-

-No intendo, che cazzo ci fai qui? Perché non ti fai gli affaracci tuoi ogni tanto!- Stava li e se la sghignazzava, mentre mi resi conto di non sapere il nome del poliziotto che guidava.

-Scusami ma non hai detto il tuo nome.- Lui trasalii ed asciugandosi un po' del sudore che aveva sulla fronte e fra i capelli cortissimi, annuii guardandomi di tanto in tanto.
-Io sono Tom e sono un poliziotto. Sono nel pieno svolgimento di un' indagine ed avere un vecchietto a bordo non mi facilita la questione.-

-Hai sentito Noah? Sarebbe meglio tu scenda alla prossima!- Franco rise riponendo l'arma ed allacciandosi la cintura del passeggero. Scossi la testa guardando il panico as-
salire Tom.

-Scusami, se sei un poliziotto e sei a lavoro, come mai
stai morendo dall'ansia ed hai appena lasciato un uomo
morto nel bagno del pub?-
-C'era un morto li dentro? Ecco da dove veniva la puzza!-
Franco sgranò gli occhi.
-Falla finita, sarà stato morto sì e no da un'ora. E poi da
quando parli anche tedesco?-
-Scusate.- Interruppe Tom. -Franco deve scendere.-
-Ma non ho dove andare su, lasciami almeno venire con
voi per un po'.-

I due iniziarono a discutere quando trovai dei fascicoli di-
sposti sotto il mio sedere, iniziai a sfogliarli, poi chiesi a
Tom di cosa si trattava. Non feci in tempo a formulare la
domanda, che un proiettile attraversò il mio finestrino.
Una macchina grande e nera era riuscita ad accostarsi da
destra, ed ora toccava a Tom rispondere al fuoco.
Iniziò a sparare verso di loro piagnucolando per la macchina, mentre io ero accucciato per evitare le pallottole e
Franco se ne stava lì dietro a ridere tutto rosso in preda
all'adrenalina.
-Erano anni che non mi sentivo così! Altro che poligono di
tiro!-

-Franco, sta giù o il tuo vecchio culo si farà male!-
-Cazzo!- Mi girai verso Tom e sentii il tonfo sordo della pistola che cadeva ai piedi di Franco.
-Ti avranno mica sparato?- Il ragazzo accelerò tenendosi una mano sanguinante sulle ginocchia, ripetendo mille volte "Scheiße".

Andò avanti così per dieci buoni secondi, poi l'auto di chi ci aveva attacato iniziò di nuovo ad accelerare e raggiungerci, così io cercai di capire lo stato della mano di Tom, che essendo stata colpita fortunatamente soltanto dal lato del proiettile, sanguinava comunque copiosamente. Così strappai un pezzo di panno dalla sua camicia.
-Hey, che fai? Questa è nuova lo sai?-
-Beh, non ti crescerà una mano nuova se questa si infetta, quindi lasciami almeno bendare questa parte.-

Mentre cercavamo di venire a capo di quella ferita, sentimmo uno sparo provenire dal retro della macchina, per poi udire le ruote del range rover che ci stava dietro sgommare , seguite da un grande botto e la voce di Franco che gioiva.
-Volete ancora far scendere il vecchietto alla prossima?-
-Cazzo, ma come hai fatto?- Chiese Tom
-Semplice. Da giovane ero nelle forze speciali, riuscivo sempre a prenderli tutti quei bastardi, dritti in testa. Non è cambiato nulla a quanto pare!-

Così riprendemmo il viaggio con uno spiffero in più ed un pezzo di camicia in meno.

-Dov'è che si va?- Chiesi al giovane che guidava.

-Beh, si va a cercare di capirci qualcosa.- Mi rispose. -Ti spiego tutto strada facendo, tu adesso devi soltanto cercare una farmacia aperta, okay?-

Ci trovammo davanti un edificio enorme e grigio, tipico di Berlino. Era un grattacielo altissimo, ed io iniziai a sospettare di cosa sarei stato incaricato. Nel tragitto mi spiegò che una grande agenzia di telecomunicazioni, la DST, aveva da poco acquistato gli ultimi piani di un grande ed importante grattacielo residenziale, e per far fronte alle spese di restauro, dovette licenziare quasi la metà dei dipendenti. Uno in particolare, era sospettato di aver rapito la figlia del suo capo per poi chiedere un riscatto di cinquecentomila euro. Fu qui che entrò in gioco Tom, ragazzo della sezione investigativa che non aveva abbastanza esperienza (e coscienza) di farsi i fatti suoi ed iniziare così ad indagare pericolosamente tendendo trabocchetti agli scagnozzi di Körg, l'uomo da poco rimasto senza lavoro. Quindi Tom rintracciò un collega, poi dirigendo le indagini, fece portare la valigetta con la somma (falsa) fino al pub dove ci eravamo incontrati contando di trovare lì gli scagnozzi di Körg che avrebbero seguito il suo complice durante tutto il tragitto. Purtroppo sbagliando tempistica, Tom si rese conto non solo di aver fallito, ma di aver fatto arrabbiare ancor di più quell'uomo che in mente non aveva nulla di buono facendo uccidere uno sconosciuto e sottrarre una valigetta con non sapeva cosa dentro.

Körg era in piedi davanti alla sua lurida cucina in periferia a Berlino che tentava disperatamente di chiamare Mirko, il vice capo della DST che era sparito appena dopo aver chiamato per informarlo di aver ricevuto una valigetta piena di fazzoletti di carta e medicine. Quando gli rispose finalmente, col sudore freddo cercò di gestire la situazione nel meglio dei modi possibili, ma finì per cadere come una pera cotta sulla sua poltrona quando gli diede un ultimatum o avrebbe dovuto cancellare davvero il suo nome dalla lista dei dipendenti in nero.

-Ma signore, non potevo sapere che quell'uomo non portava i soldi con se... lei mi aveva assicurato che il capo dell'agenzia avrebbe senza dubbio consegnato i soldi per tempo, sua figlia è ancora nella stanza che piagnucola ed io a questo punto non so cosa farmene.-


Si udii una voce molto seccata ed ansiosa dall'altro capo del telefono:

-Körg maledetto stupido, quei soldi dovevano andar persi! Noi dovevamo recuperarli ed uscire di scena, ripagando tutti i debiti che mi porto, compreso il tuo. Capisci il piano? Devi sempre controllare prima di mettere di mezzo le tue cazzo di chiappe.-


Lo scagnozzo annuiva e passeggiava in tondo, e di tanto

in tanto batteva bruscamente sulla porta del bagno per az-
zittire la figlia di Lander, il capo effettivo della DST.

-Mirko, singore, io volevo soltanto attenermi al piano, ma
qualcosa è andato storto, non so cosa gli salta in testa a
Lander, con la sua unica figlia rapita, chiunque si sarebbe
affrettato a pagare una somma di riscatto e la polizia non
sarebbe mai intervenuta con una modalità così rischiosa
per la vita della ragazzina, io non capisco.-

-Ascoltami bene Körg. Ricordati che sei l'unico sospettato
per adesso. Stamattina è comparso un investigatore del
caso in ufficio, un ragazzo di colore che mi ha fatto una va-
langa di domande, ed è emerso chiaramente che si aspet-
tano di trovare lì Francis. Sei l'unico indiziato, dal momento che eri un funzionario che lavorava a stretto contatto
col capo. Se non trovi quei cazzo di soldi e se non smetti
di tirare fuori la pistola come se fosse il tuo uccello, me ne
tiro fuori e ti faccio arrestare. Non avrò i soldi, ma quello
stronzo di Lander mi sarà riconoscente.-

Mirko agganciò e scagliò il telefono usa e getta sul muro
della parete della sua sala hobby, per poi slacciarsi la cintura dei pantaloni ed allentare la cravatta. Si guardò attorno ed iniziò a pensare perché una valigetta di fazzoletti.
Perché non conteneva i soldi e soprattutto se Lander lo
avesse fatto di proposito avendo magari già scoperto il colpevole, che in questo caso era lui. Se fosse stato così, la
polizia sarebbe già giunta al suo appartamento, e lui non

avrebbe avuto il tempo di sorseggiare lo scotch che teneva in mano. Non poteva sapere che quasi dall'altra parte
di Berlino invece, lo stesso poliziotto di colore che lo aveva interrogato poche ore prima, era ora alla presa con
una ferita infertagli dai suoi scagnozzi, che ahimè non gli
racconteranno mai di aver capito chi in realtà aveva intenzione di scambiare la valigetta coi soldi con altro, sorpreso anche lui dei fazzoletti di una marca sottoclasse.

Prese nuovamente il telefono e tentò di chiamarne uno,
ma squillava in vano. Tirò un calcio al tavolino proprio davanti a lui, assieme ad un impetuosa bestemmia e uscì
senza nemmeno riallacciarsi la cravatta. Corse giù nel garage e prese la sua pistola preferita, per poi decidere di
andare a cercare quei deficienti che Körg aveva trovato
per rintracciare la valigia.

# Capitolo 8

Mi trovavo all'ingresso della DST, mentre Franco mangiava un würstel con maionese e si sbrodolava tutto il maglioncino, Tom mi spiegava nel dettaglio cosa avrei dovuto fare una volta all'interno dell'edificio, ma io ero troppo occupato ad osservare con disgusto una colatura lunga di salsa che partiva dal lato della bocca del mio amico e finiva proprio sulla sua pancia tonda. Era fisicamente e matematicamente possibile sbrodolarsi con della maionese che filava così? Scossi la testa e mi resi conto che degli agenti di polizia in lontananza stavano parcheggiando la loro vettura e si stavano dirigendo verso di noi.

-Tom, non vorrei essere troppo maleducato interrompendoti, ma hai ancora una mano sanguinante e credo che lo dovrai spiegare ai tuoi colleghi se non ci leviamo immediatamente dall'entrata del palazzo.-

Tom fece un balzo verso un angolo del marciapiede, e fece cenno a me e Franco di seguirlo immediatamente. Svoltammo piano l'angolo e, accertandoci non ci fosse nessuno, ripartimmo di gran carriera mentre quel rimbambito pieno di maionese e scoordinato ci seguiva a pochi metri dietro.

-Tom! Per l'amor del cielo, rallenta un po'! Sono vecchio, e questo würstel sicuramente non sta riducendo il livello di colesterolo che ho in corpo. Non vorrai mica mi venga un infarto?-

Il poliziotto mi fece cenno di nasconderci dentro una delle porte di servizio dell'edificio più vicino, ed una volta tutti e tre dentro sentimmo un gran chiacchiericcio ed una musica soffusa. Era buio pesto dietro quella porta d'emergenza, e mi sembrava di sentire un odore pungente, come di detersivo.

-Franco, riesci a prendere qualcosa, a capire dove può essere un interruttore?-

Franco aveva appena terminato il suo pasto, ed iniziò ad agitare quelle mani sudicie in giro alla ricerca di qualcosa, quando spalmò sulla mia guancia e sulla giacca di pelle di Tom una bella quantità di maionese.

-Cazzo Franco, non riesci proprio a coordinare le mani col cervello?!-

Improvvisamente, qualcuno aprii una porta che si trovava proprio davanti a noi e quell'angusto spazietto si illuminò e tutto fu chiaro. C'erano scaffali con scatole e guanti di lattice, scope e prodotti per pavimenti, vetri e quant'altro. Una donna emanò un grido stridulo nel trovarci tutti e tre lì dentro stretti come sardine ed a quel punto Tom tirò fuori dalla giacca con qualche difficoltà il suo distintivo. Lo teneva con la mano bendata e sanguinante, mentre Franco agitava una mano in segno di saluto e se ne stava lì con un sorrisino ebete.

-Signorina, va tutto bene, io sono un agente di polizia, questi sono... Ehm... Dei miei colleghi e siamo qui per un'ispezione.-

La ragazza non emise verso, si limitò soltanto ad annuire e spostarsi per facilitarci l'uscita dallo sgabuzzino ed una volta usciti dovetti trascinare via Franco che aveva iniziato a riempire di complimenti la giovane, baciandole il dorso della mano e sporcandola tutta di maionese.

-Bene, ora che si fa? Cercheranno anche noi o possiamo uscire di scena e lasciar stare tutto? Mi sembra un'esagerazione continuare questa pantomima inutile. E poi non mi piacciono né i cadaveri né i furti di valigette contenenti soldi di un miliardario!-

Tom mi mise una mano sulla spalla e si avvicinò guardandosi attorno per precauzione.

-Ma vuoi abbassare la voce? Se quelli della sicurezza ci sentono sicuramente avvertiranno le unità! Hanno tutti l'apparecchio sintonizzato sulla stessa stazione, qui.-

Mi fece cenno di seguirlo più avanti, e scoprimmo di essere entrati dentro un negozio di vestiti, probabilmente quello era un centro commerciale.

-Allora caro Noah, adesso tu devi vestirti di tutto punto.-

-Scusa? Ti sembro uno che ha soldi da spendere per uno smoking?-

Franco se la rise fragorosamente e poi mi guardò dalla testa ai piedi.

-Beh vecchio mio, in realtà sembri uno che è stato trascinato via da casa senza uno spiccio!-

La verità era quella, non avendo più con me la valigia o qualsiasi altra cosa che era andata persa assieme al pulmino o lasciata nell'albergo, non potevo prendere proprio niente.

-Scusatemi se quando decido di andare a pisciare non mi porto le valigie! La prossima volta sarò prevenuto, non si sa mai!-

-Va bene va bene, pago io. Potete darmi tutto alla fine, non importa. Quello che conta adesso è che teniate un basso profilo e che le macchie bianche sul maglione di Franco spariscano.-

Guardai Franco per un momento ed iniziai a prendere alcune maglie accatastate davanti a me, cercando la mia taglia.

-A proposito, brutto ingordo, come li hai avuti i soldi per quello spuntino di prima?-

Lui mi guardò a sua volta e diede una pacca sulla spalla di Tom.

-Giovane, sono una persona di una volta, do molto valore anche alle monetine più piccole e tu ne avevi tantissime buttate sul tappetino nel retro della tua macchina.-

Scossi la testa e lo persi di vista, mentre entravo nel camerino per provare un maglioncino verde petrolio.

-Prova questo, Tom dice che sarebbe perfetto.-


Così uscimmo da quel negozio, due in smoking ed uno con una camicia nuova. Ci dirigemmo verso un barbiere e ne uscimmo ancora più eleganti di prima. Tom dal canto suo cercava sempre di nascondere la mano, che era ormai più che dolorante anche se il sangue aveva smesso ormai da un pezzo di gocciolare.

-Bene, adesso il piano è questo. Io devo salire ed interrogare nuovamente il capo di tutta l'azienda, Lander. Voi entrerete con me, facendo finta di essere agenti federali. Una volta su, vi dovete recare negli uffici di archiviazione dell'attività e cercare qualsiasi cosa sospetta. Potrebbe non essere l'uomo che abbiamo sospettato, Körg, il colpevole.-

-Perché? Cosa non ti riconduce a lui?-

Franco si grattò il capo sistemandosi gli occhiali sul naso.

-Semplice, gli uomini che ci hanno mandato fuori strada mentre ci recavamo qui, non possono essere scagnozzi di Körg. Quell'uomo vive in una topaia in periferia di Berlino, non avrebbe mai avuto i soldi necessari per pagare dei sicari. Se prima ero convinto fosse una vendetta personale, ora credo ci sia di mezzo anche altro.-

Annuii cercando di scrutarmi attorno a me e considerando che mi ero trovato altre volte in situazioni anche molto più scomode di quella, accettai il piano e così entrammo tramite una grande porta a vetri girevole, nell'edifico grigio con delle lettere a caratteri cubitali citanti: DST.

# Capitolo 9
# Da Qualche Parte, 1974

Il Generale mi aveva dato l'ultimatum, così portai tutti i miei appunti in quello che sembrava il bunker russo più segreto di tutti i tempi. Mia moglie mi fece molte domande quando due giorni dopo quello strano rapimento mi riportarono a casa. L'unica cosa che potevo dirle per il bene della sua incolumità, era che le Forze Speciali Americane mi avevano dovuto convocare d'urgenza per una riunione sul Vietnam.

Lei ci credette, e dopo qualche pianto e supplica, capì che dovevo partire per qualche mese ad affiancare chi aveva richiesto la mia presenza.

Il generale Jakov Petrovič mi lasciò solo assieme ad un'equipe di scienziati ed ingegneri russi che parlicchiavano il tedesco come l'inglese. Avevo davanti a me fogli con appunti matematici, altri semplicemente con i ricalchi a matita dei circuiti che mi passavano davanti, ed altri ancora sottratti all'azienda dove lavoravo.

-Sa, Noah, lei aiuterà Russia a fare passo più importante di storia!-

C'era quest'uomo che mi si avvicinò d'un tratto, mentre gli altri continuavano a lavorare cercando di capire quale potesse essere il materiale più adatto per i piccoli circuiti di quello che sarebbe dovuto diventare "la chiave per la vittoria Russa", come sosteneva Petrovič.

-Diciamo che il mio aiuto è quasi obbligatorio.-

-Oh, signore. No, non è obbligatorio, verrà anche ben pagato alla fine di operato!-

Lo guardai bene, era uno scienziato o forse un finanziere, o magari tutti e due considerando il livello scolastico di tutti gli uomini che occupavano la stanza. Cicciotto e robusto, proprio come gli altri.

-Diciamo che è una situazione più del tipo: io vi aiuto voi non mi uccidete e mi date dei soldi. Poteva considerarsi un'accordo di aiuto se avessi avuto un'altra scelta, differente dal farmi ammazzare. Dato che ho ben capito che questo non è possibile, sono qua a lavorare con degli uomini che non capiscono nemmeno quello che dico a volte.-

L'uomo prese un bicchiere d'acqua e si sedette a fianco a me.

-Diciamo Noah, che Russia è paese bellissimo. Tutti prendono belle pensioni, bei soldi. Altri invece semplicemente decidono che Russia non è ciò che desiderano davvero. Allora evadono tasse e prendono di mira il governo, insultando la nostra Unione Sovietica pretendono Capitalismo come America. Noi non siamo quel tipo di persone che provano pietà e capiscono stupidità. Ecco perché adesso dob-

biamo dimostrare ad America la nostra potenza politica,
ed arrivare al loro livello di tecnologia.

Vedi, su Luna loro hanno barato! Non avevano tecnologia
adatta, i mezzi che sfruttavano erano nostra invenzione!
Loro hanno barato, Noah. Loro barano sempre. Così oggi
Russia riprende in mano la situazione!-

Quell'uomo era impazzito. Luna? Ah si, sulla Luna ci erano
andati gli Americani, e forse su quello poteva aver ragione. Quella bandierina a stelle e strisce scodinzolava come
il cagnolino del presidente. Anche se questo era diventato
più che ovvio, non potevo decidere altrimenti. Se non
avessi aiutato i Russi, la mia testa sarebbe stata spedita
prima del mese e mezzo a mia moglie, bella incartata e
bollata.

Non risposi a quell'uomo, mi limitai a continuare il mio lavoro, ed una volta trovata una lega di metalli abbastanza
conduttori per quella piccola tesserina verde, iniziammo i
test di conduzione e continuammo a sperimentare in base
ai calcoli riportati su quei fogli scarabocchiati che avevo
sottratto a me stesso e alla ditta.

Passarono circa tre quattro settimane e qualche giorno,
quando ci riuscimmo. Ricreammo esattamente quello che
il governo Americano aveva costruito qualche mese prima, che il Generale chiamava GPS.

Jakov Petrovič fu così felice quando tenne fra le mani uno
dei trenta dispositivi da noi creati. Lo affidò ad un uomo

per controllarne l'efficienza, per poi consegnarmi un sacco pieno di verdoni, e facendomi salire sul primo jet che aveva a disposizione.

Tornai a casa dopo qualche ora, giusto in tempo per la cena. Il giorno dopo, feci colazione con Anna, mi era mancata da morire. Lei mi strinse a se, mi diede un bacio sulla fronte e mi porse il giornale.

# Capitolo 10

Quel posto era enorme, e pensare che ora avevano acquistato anche gli ultimi piani del grattacielo mi metteva leggermente in soggezione. Quanti soldi deve avere il pro-
prietario? Effettivamente da quello che potevo vedere, ne
aveva anche troppi.

-Psst, Noah. Dobbiamo salire ventidue piani e poi io me
ne vado a destra, tu e Franco a sinistra. Mi raccomando
discrezione. Quasi tutti i separè degli uffici sono in vetro.-

Annuii infilandomi gli occhiali da sole poco prima compra-
ti, e lo stesso fece Franco.

-Polizia di Berlino, ho un appuntamento Lander.-

La signorina della reception si mise in collegamento con il
ventiduesimo piano, poi ci fece strada e noi entrammo nel
gabbiotto metallico con i pulsanti fluorescenti, dove suonava una versione di "I Will Survive" da ascensore. Si fermò
al ventiduesimo piano, io presi la sinistra, dovendo ac-
chiappare Franco per il colletto che aveva sbagliato direzione. Tom ci lanciò un ultimo sguardo di assenso per poi
entrare nell'ufficio di Lander.

Mirko aveva appena raggiunto l'appartamento di Körg, che aveva stordito quella ragazzina dai riccioli d'oro per trasportarla all'interno di una valigia.

-Sbrigati imbecille, posala sul retro in basso, e prega di aver fatto almeno questo a dovere!-

L'uomo sistemò al meglio che poteva la ragazzina nei po-sti posteriori dei quell'Audi A3

-Ora sali, andiamo al castello.-

Mise in moto e si diresse verso il palazzo della DST.

Entrarono dall'esterno, dalla porticina d'emergenza che collegava i piani fino al quindicesimo. Arrivati lì, Mirko pre-se l'ascensore dei dipendenti, mentre Körg era costretto ad andare per le scale d'emergenza, con un'enorme vali-gia, per non destare sospetti. Si diedero appuntamento nell'ala delle fotocopie, dove generalmente a quell'ora non si trovava nessuno. Nel frattempo la bambina aveva inizia-to a muoversi, così decisero di stordirla con un altro po' di cloroformio, e tornò a dormire come un cucciolo.

Io e Franco camminavamo convinti per i corridoi, salutan-do con un "salve" i dipendenti che incontravamo. Ci fer-mammo davanti la macchinetta dei caffè per bere qualco-sa, quando un uomo alto e pelato si avvicinò a noi sbuffan-do e prendendo un bicchiere di carta si apprestò a prende-re del tè. Franco mi guardo inarcando le sopracciglia, men-tre io decisi di avvicinarmi per cercare di capire che tipo poteva essere quel tale tanto robusto e vestito di tutto punto.

Una giovane e bellissima ragazza si avvicinò e dopo averci scrutato, pigiò un pulsantino al lato della sua cuffia da ufficio.

-Scusi Mirko, la vogliono in sala conferenze fra mezz'ora, il capo è occupato con un nuovo incontro della polizia investigativa.-

L'uomo per poco non si mandò di traverso il suo sorso di tè verde quando la signorina pronunciò le ultime parole e tornò alla sua postazione qualche metro più avanti. Mirko iniziò a guardarsi attorno, e ci fece un breve sorriso, per poi tirar fuori il cellulare ed appartarsi circa due metri più avanti. Intanto io facevo cenno a Franco di togliere gli occhiali, o saremmo sembrati troppo sospetti data la circostanza e l'assenza totale di sole.

Mi voltai per richiamare l'attenzione del mio amico, ma troppo tardi. Era già entrato nella stanza della receptionist, così bussai leggermente al vetro, e lui corse fuori venendomi in contro correndo come un bambino col pannolone.

-Che c'è! Era un bel bocconcino, e poi non c'è niente qui per ora che ci possa interessare!-

Mi spostai dietro la macchinetta dei caffè per non farmi sentire dagli altri per il corridoio.

-Non saprei, quello mi sa di sospetto. Sta chiamando qualcuno e sembrava qualcuno di importante, tanto che la sua presenza può sostituire quella di Lander.-

Franco si fece pensieroso e sono certo che la motivazione fosse quella bella rossa di prima. Non ci feci caso, e cercando di sembrare il più naturale e disinteressato possibile, mi misi ad origliare la telefonata di Mirko.

-Insomma Körg, sei impazzito? Devi portarla alle fotocopie! Sono due piani sopra dove ti trovi tu! Non me ne frega un cazzo della tua cardiopatia, la ragazzina deve restare nascosta oppure andremo in galera e puoi salutare tutti i quattrini!-

Sgranammo gli occhi ma Franco aveva già deciso di intervenire con la mano della giustizia.

-Signore mi scusi.-

Mirko si girò verso Franco e lo guardò con un sorrisino di scherno.

-Aspetta, abbiamo un novellino alla macchinetta.-

-Volevo soltanto dirle che so svolgere il mio lavoro. So chi è lei.-

L'uomo lo guardò dall'alto e si mise a ridere.

-Oh lo vedo, infatti dovresti stare seduto ad una scrivania e non dovresti rivolgermi parola. Adesso tornatene a lavoro, o ti aumento l'orario in bacheca.-

Finsi di percorrere il corridoio nel senso opposto a dove si era diretto Mirko dopo aver sgridato Franco e poi lo trascinai in uno sgabuzzino ed accesi la luce.

-Dico, ma sei pazzo? "Volevo dire che io so fare il mio lavoro". Che cosa vorrebbe dire scusa?!-

-Volevo arrestarlo. Quello che avevamo sentito bastava per incriminarlo e portarlo dentro!-

Franco alzò le spalle con ovvietà.

-Certo, è abbastanza se sei un poliziotto o qualcuno con una qualsiasi carica in grado di poterlo fare. Ma si dia il caso che non lo sei, quindi non puoi arrestarlo e quindi non mi è sembrata proprio un'idea geniale!-

Ci zittimmo per qualche secondo, dato che qualcuno si mise a chiacchierare proprio davanti quella porta. Guardai Franco ancora una volta con un rimprovero stampato nello sguardo, per poi accertarmi che l'uscita fosse libera aprendo piano, ed infine uscendo senza dar nell'occhio.

-Dobbiamo capire in che stanza hanno portato la ragazza, poi possiamo chiamare Tom e cercarla insieme a lui.-

-Ma come? Come lo capiamo se non la cerchiamo?-

-Beh, possiamo seguire Mirko, che ci porterà da Körg pos-
sibilmente entro la prossima mezz'ora, quando avrà una
riunione.-

Franco si guardò intorno per avvistare il pelato. Lo stesso
feci io, cercando con lo sguardo un ufficio abbastanza ri-
servato che doveva essere sicuramente il suo.

 Lo vedo! sta prendendo l'ascensore nel corridoio di sinistra!-

Mi voltai e lo vidi premere un pulsante in un ascensore pieno di gente, così io ed il mio compagno ci mettemmo poco più indietro cercando di spiarlo.

-Okay, sono giunto alla conclusione che non sapremo mai
a che piano si trova quella ragazza, a meno che non prendiamo le scale ed anche di corsa.-

-Sono debole di cuore, lo sai, il colesterolo.-

Franco non ce la faceva a salire, così iniziai la mia salita
correndo fra le scale di quel posto, ad ogni piano mi fer-
mavo per vedere se Mirko sarebbe uscito e dove si sarebbe diretto.

Cinque piani più in su ed un attacco respiratorio in corso,
camminò con naturalezza per un corridoio lunghissimo, si
guardò attorno ed aprì una porta di servizio. Mi avvicinai
cauto ed iniziai a spiarlo dalla fessura.

Era una stanza grigiastra con l'intonaco cadente, il pavimento era coperto da un enorme telo di plastica, probabilmente era una delle parti dell'edificio comprate e non ancora messe in uso dall'azienda.

-Non si è ancora svegliata, ma ho controllato, e respira.-

Körg teneva la testa ad una ragazzina dai capelli biondi, che era imbavagliata e legata ad una sedia simile a quelle che si trovano nelle scuole.

-Devi aspettare il tempo della perquisizione a casa tua. Fino a quel momento, tu sei sparito nel nulla, chiaro? Le telecamere in quest'ala non sono ancora attive quindi puoi stare tranquillo, ma non scendere né salire di un piano. Qui ci sono alcune cose per questi due giorni, per te e per lei. I bagni sono in fondo al corridoio e le coperte nell'armadietto.-

Mirko porse delle vivande e quattro bottiglie d'acqua al suo scagnozzo, poi fece per avvicinarsi alla porta, ed io mi nascosi più avanti salendo sul davanzale di una finestra malconcia che rientrava nel muro.

-Ah, e capo, quando lo facciamo fuori Lander?-

Mirko alzò lo sguardo ed emise un risolino di soddisfazione.

-Beh, una volta trovata la bimba e sganciati i soldi, mette la firma sotto al mio nome e quello della DST.-

Cercai di respirare piano e non muovermi, nonostante tutto Mirko esitò prima di riprendere le scale ed andarsene definitivamente. Ora potevamo sapere dove si trovava la ragazza, ma sicuramente dicendo tutto alla polizia dovevamo anche dire dei soldi rubati da Tom per scovare il rapitore. Sapevo che quello era un brutto guaio, che tutta la situazione era una di quelle cose che quando accadono, fai meglio a tornartene a casa e fingere di non aver visto nulla, ma ormai ero lì e sapevo, non potevo più tirarmi indietro.

Ci rincontrammo all'entrata, davanti al gabbiotto della sicurezza. Franco aveva speso tutti gli spicci per delle merendine, mentre Tom aveva le idee sempre più confuse e contorte. Gli raccontai della ragazza, poi gli esposi il problema dei soldi nella valigetta. Ne conveniva con me che fino a quando la ragazzina era quasi al sicuro, la priorità egoisticamente presa era quella di portare la valigetta a Mirko in qualche modo, che ancora non avevamo ben pianificato, dato che assieme ai soldi dovevamo assicurarci di poter cogliere sul fatto il vice capo della DST.

-Che cazzo di casino. Quindi mi stai dicendo che Körg non ha mai lavorato da solo, e che quei soldi sono solo un pretesto, servono soltanto a Körg per togliersi di torno e a Mirko per togliersi Lander di torno una volta per tutte.-

Tom mise entrambe le mani sul volante e prese una curva nel traffico.

-Esattamente, a quanto pare Lander dovrebbe firmare un accordo nel quale Mirko eredita tutto ma è una cosa quasi impossibile, eccetto casi straordinari. Forse tutta la situazione ha messo sotto pressione Lander, che ha deciso di dividere le responsabilità, o che so, qualcosa di simile.-

Aprii una scatolina di caramelle e ne passai una a Franco, trovandolo addormentato sul sedile posteriore della macchina che russava come mai.

-Ho parlato con Lander, ha intenzione di cedere l'attività all'asta. Credo che i soldi servano proprio per comprarne parte. Pensaci, cinquecentomila euro sono giusto un incentivo! Secondo me vogliono depistare l'intento, oppure pagare qualcosa.-

Tom spense la macchina appena arrivati ad una villa con un enorme cancello di ferro, ed un piccolo giardino.

-Siamo a casa mia signori. Ho una sola stanza degli ospiti e dovrete dividerla, temo.-

Franco uscì sbattendo la portiera e sbadigliando, mentre io mi grattai la schiena in preda a qualche dolorino.

-Mai. Franco russa ed è troppo grasso per lasciarmi uno spazio decente nel letto. Io vado sul divano.-

Tom fece strada fino alla porta, poi la aprì e si chiuse in camera a riposare. Tutti facemmo lo stesso, persino il suo gatto persiano bianco come la neve, che se ne stava accoccolato sul bracciolo del divano proprio vicino a me. Esseri interessanti, i gatti.

# Capitolo 11
# New York, 1979

Nevicava e faceva tantissimo freddo, le strade erano rico-
perte di ghiaccio, ma non sembrava un gran problema per
tutte le persone che continuavano il loro viavai fra le lar-
ghe strade della città.

Avevo un appuntamento importante, avevo deciso di inve-
stire i soldi dati dai russi per farli fruttare, magari riuscen-
do anche a prendere qualche attività e portarla avanti assieme ad un socio. Dovetti fare parecchia strada per arrivare fino alla metro dal punto cieco in cui mi trovavo, ma
appena scesi i molteplici gradini bagnaticci e scivolosi,
una ventata tiepida e puzzolente arrivò a toccarmi la punta del naso.
C'erano graffiti ovunque, ragazze con dei buffi capelli ed
un odore davvero pungente di marijuana. Una lieve musica si faceva sempre più importante man mano che percor-
revo le lunghe gallerie della subway, così notai un signore
molto anziano che suonava una Stratocaster bianco perla
poggiato su un amplificatore a valvole un po' cadente ed
intonava assieme all'accompagnamento ritmico una versione blues di "Message in a Bottle".

Mi coprii il viso con la sciarpa, e salii sul vagone della metro in direzione centro.

Scesi qualche fermata più avanti, avendo perso l'orientamento ed anche l'orario dell'appuntamento.

"Fantastico", pensai. Vidi poi una grande libreria abbastanza antica e dato le nuvole iniziarono a far cadere nuovamente fiocchi di neve all'impazzata.
L'ingresso era costituito solo da una porta in legno e vetro, sopra la quale ciondolava un cartello legnoso verdastro con una scritta stilografica oro:"Books shop".
Entrai ed una campanella posta proprio sopra la porta dondolò producendo un trillo, e in mezzo a parecchi libri accatastati trovai un signore di mezza età, intento a leggere un libro dalle pagine gialle e stropicciate con uno stuzzicadenti in bocca e degli occhiali quadrati e metallici da lettura sul naso. Accanto a se aveva torri altissime di libri tutti ben impilati, mentre sugli scaffali ne giacevano altri, pieni di polvere e muffa.

-Mi scusi.- Mi avvicinai cauto per non distrarre il lettore e questo sollevò poco la mano senza togliere lo sguardo dal suo amato libro, facendomi attendere qualche secondo, poi ficcò una cartaccia di caramella a far segnalibro, e mi guardò sedendosi composto.

-Mi dica tutto, cosa cerca?-

Mi guardai attorno e misi le mani in tasca.

-In realtà mi sono perso, non che ami la lettura, ma avevo un appuntamento ed anche se ormai sono in ritardo sa come si dice, meglio tardi che mai.-

L'uomo continuò a guardarmi con le sopracciglia alzate, masticando il suo stuzzicadenti.

-L'indirizzo è B. Bowery 123.-

Egli si mise le mani dietro la testa stirandosi un po' e sistemando le gambe con gli scarponi in pelle proprio sopra la sua scrivania.

-Signore, lei è esattamente dal lato opposto. Mi spiace. E' interessato ad un libro?-

Scossi la testa e feci per uscire, quando qualcosa balzò al mio sguardo. Un giornale. Un giornale russo a dir la verità. C'era il generale Jakov Petrovič in prima pagina, così lo afferrai cercando di capire qualcosa, ma purtroppo non conoscevo il cirillico.

-Scusami, cosa c'è scritto qua sopra?-

L'uomo mi guardò e fece un sorrisino.

-Il prezzo. Sono due dollari.-

Li sborsai immediatamente in attesa della traduzione del titolo principale del giornale.

-Bene, ora posso sapere cosa diavolo c'è scritto?-

-C'è scritto: Il generale Jakov Petrovič vittima di un atten-
tato da parte degli Americani. Divulgate informazioni top
secret da parte del Governo Sovietico.-

Cercai di capire un momento, facendo un grande respiro.
Aprii il giornale alla ricerca del mio nome, e mi feci leggere l'intero paragrafo, ma fu come se il generale avesse
prodotto e studiato tutto da solo quei microchip.

-Come mai ti interessi tanto alla politica estera? Sarai mica un giornalista, vero? Non lavorerai mai di questi tempi
se vieni dall'estero.-

Scattai in piedi e mi tolsi la sciarpa, faceva un insolito cal-
do là dentro con tutte quelle pile di libri intorno.

-No, non sono un giornalista, ma diciamo che Jakov era
mio amico.-

-Strano, per un tedesco.-

Lo guardai sorpreso.

-Si sente ancora tanto l'accento?-

Lui si alzò venendomi in contro, sistemandosi bene il maglione bucato che portava.

-No, ma mio padre era austriaco. Così come anche mio
nonno. Riesco a capire qualcosa di quelle lingue lì, ma
non ho mai imparato, non mi interessava. A dire la verità

non mi interessava niente di quello che faceva la mia famiglia, io sono più per gli studi solitari. Anche se mio nonno
mi ha lasciato un sacco di appunti, un sacco di storielle e
tante paranoie.-

Rise un po' per poi afferrare una pipa, tentando di accen-
derla con dei fiammiferi umidicci.

-Deve essere stato difficile allora coltivare una passione
come la lettura, probabilmente la tua famiglia sarà stata
contraria.-

-In realtà la lettura è solo una delle mie passioni. Diciamo
che sto lavorando ad alcune cose, cose elettriche e mecca-
niche assieme che spero mi portino da qualche parte una
volta perfezionate.-

Mi sedetti su una sedia spostando una decina di libri e
stetti ad ascoltare.

-Ma non sono convinto di riuscirci da solo. Sono un uomo
con tante risorse, ma ben poco ingegno quando si tratta
di queste cose. E' tutto negli appunti di mio nonno, ma
non conoscendo un briciolo di Tedesco o quello che sia.-

-Se vuoi posso darti una mano! In fondo ormai il mio appuntamento è saltato, fuori nevica e non ho molta voglia
di camminare. Poi sono un meccanico, o meglio elettricista e inventore, credo.-

L'uomo si mise a ridere e sparì per qualche secondo, per poi tornare da me con dei fogli giallastri (non che mi stupì dato il resto della libreria) e mi chiese di fare molto delicatamente. Iniziai a leggere, e lui mi chiese di andar piano e scandire parola per parola, in modo da poter trascrivere tutto in maniera corretta.

-Allora, ci sono delle figure, sembrano dischi, o magneti. Non saprei. Poi ai lati ci sono delle scritte. "Fili di rame, campo elettromagnetico, statore, poli"... Sembrerebbe una sorta di enorme calamita. Questa è la firma di tuo nonno?-

Chiesi guardando l'uomo sgranando gli occhi.

-Sì, era la sua firma.-

Ammise mentre io sfogliavo tutti gli altri appunti e ne testavo l'autenticità osservandoli più e più volte in tutte le prospettive.

-Ma quindi tu sei il nipote di Tesla? Nikola Tesla?-

Annuii.

-James Tesla. Tu sei?-

-Da ora il tuo traduttore personale, Noah.-

Passarono giorni prima che potessi tradurre una decina di pagine scritte da Tesla in modo sensato, per poi trascrivere i passaggi in modo logico. Il mio nuovo amico era un uomo tutto fare. Scoprii che aveva conseguito tre lauree in lettere classiche, aveva fatto il professore in Inghilterra per un breve periodo, poi il governo ed agenzie iniziarono a cercarlo per via degli appunti del nonno, e lui ne aveva fin sopra la testa. Fu così che decise di mettere tutto in pratica e tradurlo, per poter far fruttare ciò che il padre gli aveva lasciato al momento della sua dipartita.

Nel frattempo si sarebbe nascosto lì dove eravamo, in una libreria decadente nelle periferie di New York. Dopo tutto, aveva abbastanza soldi da potersi permettere di non svolgere nessuna professione per qualche anno.

-E qui? Che dici secondo te devo saldare questa parte al positivo o al negativo del magnete?-

James mi indicava una parte metallica tutta sporca di grasso, mentre indossava un grembiule bianco simile a quello dei macellai, ma al posto delle grandi macchie di sangue ce ne erano altrettante di grasso nero e pastoso.

-Non ne ho idea. Io direi di ripassare questa parte per capire se dobbiamo cambiare l'ordine del montaggio oppure continuare così.-

Gli indicai una parte del foglio tradotto, mentre anche io mi trovavo chino sulla scrivania e cercavo come potevo di fare luce con una piccola lampada da tavolo che avevamo a disposizione.

Erano passate forse quarantatre ore, senza sosta a cercare di assemblare quel qualcosa che stava uscendo fuori. Avevo una fame pazzesca, ma continuai a tener duro per aiutare James.

Passai l'ora successiva alla ricerca di cibo da asporto e quando lo trovai lo portai in libreria assieme a otto belle birre. Le finimmo tutte suddividendocele e l'ultima cosa che mi ricordai fu la faccia tutta rossa del nipote di Tesla che se la ridacchiava mentre aggiungeva pezzi qua e là a quello che doveva essere un piccolo motore bifase.

Mi sarei svegliato la mattina successiva, trovandolo addormentato sul tavolo, assieme a tutti i pezzi correttamente montati. Quello è il potere dell'alcol.

# Capitolo 12

Mi svegliai con la faccia di Tom davanti, mentre si infilava i calzini velocemente, strillacchiando che era in ritardo terribile.

Sulla soglia della cucina c'era Franco, che teneva fra le mani un toast ripieno di uovo, e lo masticava con gusto.

Mi alzai piano, stropicciandomi gli occhi e facendo cenno a tutti di abbassare il tono. A mia insaputa, Tom aveva lasciato la valigetta nella vasca del bagno, ed io la vidi proprio mentre stavo aprendo i rubinetti delle mie parti basse.

-Cazzo, Tom! Non puoi lasciarci qua con questa in casa! Se viene qualcuno ci fai ammazzare!-

Tom si precipitò sulla porta del bagno per cercare di dare spiegazioni, poi mi vide con le braghe calate, in piedi davanti al water, e cambiò idea mettendosi una mano sugli occhi.

-Dio Noah, potevi dirmi che stavi pisciando!-

-Secondo te cosa posso fare in bagno? A quanto pare è un tuo vizio darmi spiegazioni mentre faccio i miei bisogni.-

Mi tirai su i pantaloni e tirai lo sciacquone, per poi girarmi in attesa della risposta del poliziotto.

-Diciamo che cercavo un posto per nasconderla, ma poi ho pensato che il miglior nascondiglio, è proprio sotto gli occhi! Non preoccuparti, nessuno sospetta di me, sono un agente federale. Poi serve un mandato per perquisire la casa.-

-Non se sei uno degli scagnozzi di Mirko, o se sei Körg.-

Presi la valigia e feci per superare Tom, che mi bloccò mettendo una mano sulla spalla.

-Le mani non te le lavi?-

-Cristo santo. Quelli di oggi non sono ragazzi, sono femminucce col gingillo!-

Posai i soldi a terra per poi lavarmi le mani e vedere Tom andare via.


-Franco? Dove ti sei cacciato? -

Scesi le scale diretto in cucina, c'era un odore molto forte di bruciato, probabilmente aveva abbrustolito qualcosa nel tentativo di saziare la sua enorme fame. Il lavello era un disastro, piatti accatastati e sporchi, mensole mezze aperte e briciole ovunque.
Speck, il gatto di Tom si strusciava fra i miei piedi miago-

lando e guardandomi con quegli irresistibili occhioni azzurri. Mi guardai attorno alla ricerca di scatolette per gatti e dopo aver aperto freneticamente quasi tutti gli sportelli della cucina, ne trovai due in fondo al ripiano della pasta, fra tegami e ricette rilegate a mano. Presi un piattino unto dal lavello non trovandone di puliti, e feci fare colazione a quel gattino lagnoso.

Dopo poco tempo passato a recuperare le scarpe incastrate sotto al divano, decisi di saccheggiare l'armadio di Tom, alla ricerca di qualcosa di extralarge da indossare. Salii così nuovamente le scale, mi diressi verso la sua camera da letto, e fra fazzoletti usati, resti di pizza in cartone ed una copia in DVD di Grease trovai dei panni piegati assieme ad altri appesi nell'armadio al fianco del letto. Scartai innanzitutto i jeans, troppo attillati ed ovviamente troppo piccoli per me, che ero alto come il poliziotto ma di quattro taglie più largo. Presi poi dei pantaloni di stoffa grigi, forse pantaloni appartenenti al completo di una tuta, quelli sì che sembravano andarmi, così li infilai. Una felpa? Sì, c'era una felpa poggiata sulla sedia vicino alla finestra, sopra ad un altro cumulo di panni. Diedi un'annusata per assicurarmi fosse pulita, d'altra parte non mi sarei stupito del contrario dato lo stato perenne di caos nel quale si trovava la sua casa. Era comunque vero che prima di lasciare Tolga, ovvero la mia dimora, non era per niente diversa la mia situazione di ordine e pulizia. Lui ha un gatto, io un opossum. Lui era molto occupato ed io non avevo mai nulla da fare ed ecco che tutto diventa caotico, perfino per chi è più preciso di noi. In fondo, sono solo piccolezze. La verità è che non sono mai stato un ottimo casalingo, né qualsiasi altra cosa inerente alla casa.

Mi infilai il cappotto controllando in vano le tasche, dato che avevo lasciato tutto sul pullman diretto alla gita. Mi domandavo se ci stessero cercando e probabilmente era così. D'altronde eravamo due "vecchietti indifesi" secondo la signora dell'organizzazione. Alzai le spalle e mi avvicinai al corridoio appena vidi Franco intento ad allacciarsi una scarpa pronto per uscire.

-Vai da qualche parte?-

Gli chiesi.

-In realtà sì. Vuoi venire?-

Si alzò diritto in piedi come uno scolaretto, per poi sistemarsi bene gli occhiali sul naso e sistemarsi la coppola.

-Quella dove l'hai presa?-

La indicai osservandola bene e sembrava piena di polvere.

-In soffitta di Tom! Si trovano tante cose guardando bene in giro. Ho trovato anche altri soldi sotto il divano, mentre dormivi.-

-Tu sei pazzo.-

Aprii la porta e scesi i tre scalini che davano sul mezzo giardino fuori casa del poliziotto.

-Oggi andiamo a giocarci gli spicci per vedere di vincere qualcosa. Ci stai?-

Passammo attraverso il cancello che si chiuse con un lungo scricchiolio, mi chiusi il giubbotto per bene e continuai a camminare ascoltando il mio (volente o nolente) compagno di camminata.

-Dove vorresti andare, sono le dieci del mattino non credo aprano i casinò per te nel centro di Berlino.-

-Allora, innanzitutto i casinò sono sempre aperti, quelli seri, sono H24. Poi no, non intendo giocarli alle slot machine, intendo puntare sulle partite, o sui cavalli, o non so. Quello che vuoi!-

Lo guardai di sottecchi cercando di capire quale demenza senile poteva affliggere un vecchietto perso per Berlino con in mano quattro euro e tanto entusiasmo.

-Resta il problema. Dove troviamo le partite? O i cavalli? O qualsiasi altra cosa?-

-Siamo nel duemiladiciotto cavolo! In tutto il mondo ci sarà una partita di calcio, una corsa di cavalli, un qualcosa!-

Questa storia del tempo reale ovunque mi aveva dato alla testa più del Vietnam. Ero terrorizzato al pensiero che io potessi scorreggiare in diretta televisiva a Berlino, e con un delay di soli dieci secondi lo avrebbero visto e sentito anche in Cina. Non mi piaceva l'evoluzione tecnologica. Anche se in parte, ne godevano tutti grazie a me. O meglio, se quando ti ritrovi su una strada buia e stretta con la macchina, non sapendo se la traversa giusta sia quella a destra, a sinistra, o più avanti a destra o più avanti a sinistra, un po' lo devi anche a me che grazie ai GPS russi, gli americani e l'Unione Sovietica hanno deciso di concedere l'uso di quest'invenzione anche ai civili.

-E dove dovremmo andare per puntare su qualcosa?-

-Facile, in una sala per scommettitori! Ne ho vista una nel tragitto ieri, possiamo cercarla se ti va. Era più o meno a tre minuti di macchina da qui, quindi forse nel raggio di un chilometro la troveremo.-

-Ma tu eri bello addormentato ieri in macchina!-

-Ogni tanto capita alla mia età, poi dopo qualche buca però ero bello sveglio!-

La sala scommesse era più che altro una grande stanza piena di macchinette automatiche, schermi led ultra piatti di televisori costosissimi e uomini che fumavano coi denti neri come la pece.

-Dove diavolo mi hai portato?-

-Suvvia Noah, sono più vecchio di te, eppure non mi scandalizzo per un po' di sana dipendenza da gioco, vieni a vedere.-

Franco mi fece avvicinare ad un tavolino abbastanza alto, dove c'erano dei foglietti di carta prestampati e prendendo una penna iniziò a scriverci sopra.

-Vedi? Allora, oggi ci giochiamo una vincita di cavallo. Ovviamente è solo una simulazione, ma possiamo tentare, no?-

Feci di sì con la testa, iniziando a strizzare gli occhi alla ricerca del pannello con i nomi dei cavalli.

-Scommettiamo su Fancy.-

Franco iniziò a scrivere il nome della cavalla tenendosi gli occhiali sul naso con un dito.

-Perfetto, adesso dobbiamo aspettare l'inizio della simulazione. Intanto prendiamoci qualcosa al bar, vieni con me.-

Ci avvicinammo al bancone, il mio amico si sporse per chiedere una birra per entrambi ed allo stesso momento entrò un uomo con un braccio fasciato e molta fretta.

-Devo parlare con Mike.- Disse severamente al barista, che gli indicò il retro del bancone.

-Franco, hai visto quello strano tipo?-

Mi porse la birra stappandola prima con un cavatappi, per poi prenderne un bel sorso.

-Quale, quel tipo pelato li dietro?-

Lo indicò distrattamente e fece spallucce, per poi correre davanti allo schermo sgambettando come una gallinella.

-E' iniziata! Dai Fancy, vali tutti i cinque euro che abbiamo sborsato!-

Fancy arrancava, per i primi dieci secondi si trovava sesta, per poi passare al quarto, terzo e poi secondo. Franco era su di giri, batteva un palmo nevroticamente sul tavolino unto e disordinato quando il tipo pelato uscii nuovamente imprecando verso qualcuno.

-Körg mi deve quei maledetti soldi! E anche Mirko me li deve! E' passato troppo tempo, la prossima volta li ammazzo ti dico!-

Uscii sbattendo la porta a vetri, mentre Franco esultava per la vittoria. Lo presi per un braccio e corsi verso quell'uomo, poi mi freddai a pochi metri da lui, e cambiai direzione.

-Ma abbiamo vinto! Non possiamo andarcene così!-

-No no no, non possiamo, dobbiamo correre a casa di Tom, cazzo!-

-Ma che ti prende Noah! Una birra ti da così alla testa?-

-No non capisci, quel tale, cercava i soldi di Mirko e Körg!-

Franco mi guardò perplesso e poi cercò di rientrare nel punto scommesse ma lo bloccai in tempo per un braccio.

-Okay ho capito, ma che ce ne frega a noi! E' un problema loro!-

-Non hai capito, i soldi di Mirko e Körg, li abbiamo noi. In casa! Vieni qua, dobbiamo correre.-

Corremmo in casa il più velocemente possibile, ed io iniziai a cercare quella stramaledetta valigia, mentre le idee si facevano sempre più chiare.

-Non capisco, a questo punto i soldi che ci sono qui in casa non servono più per ristrutturare il Loft di Mirko, ma per pagare il debito di qualcosa!-

Alzai coperte e cuscini mettendo quella casa ancor più a soqquadro di quanto lo fosse già stata, per poi girarmi verso Franco che se ne stava impigrito su una sedia a sorseggiare una lattina di coca-cola.

-Sì, esatto. Ora dovremmo soltanto cercare di capire di che debito si tratta, e forse il piano folle non sembrerà più folle. Sinceramente inizio a sentirmi vecchio anche io per queste cose, e non credo di voler ancora partecipare a questa buffonata. Troviamo la valigia e la consegnamo alla polizia. Tom si beccherà una sospensione ed io me ne torno a casa. Se sei con me aiutami, altrimenti puoi rimanertene a Berlino per quanto ti pare.-

Corsi al piano superiore, e dopo aver rovistato negli armadi ed aver perso la pazienza due volte, mi resi conto che il coperchio dello sciacquone del bagno era chiuso in modo anomalo, infatti vi era conficcata dentro la valigetta colma di denaro.

-Bene, sto andando alla polizia. Vieni con me?-

Franco mi guardò e tentò di farmi cambiare idea con i sensi di colpa, poi con delle scuse, ed infine insinuò di scappare entrambi coi soldi. Alla fine, si diresse verso la porta con me, e pian piano ci incamminammo verso la caserma.

-Non posso crederci di dover rinunciare ad un'avventura del genere solo perché ad un certo punto inizi a sentirti vecchio.-

-Dannazione Franco, lo sai meglio di me che non è questa la motivazione reale! Non è un cazzo di film d'azione, uno che trova una valigetta colma di soldi e fa i salti mortali fra i proiettili per salvare una donzella. Questa è la realtà, si tratta di un poliziotto che ha compromesso le indagini e rubato del materiale, una bambina rapita da più di settantadue ore, si tratta di persone con pistole vere. Non ho deciso di visitare la mia città natale per questo, ma per ricordarmi dove sono cresciuto e rilassarmi.-

Franco iniziò ad affannarsi, così decisi di camminare un po' più piano, tenendo ben salda fra le mani quella valigia gocciolante d'acqua.

-Quello che intendo, è che siamo troppo vecchi per queste cose. Insomma, non potremmo mai schivare pallottole o avere donzelle. Che lo facciamo a fare?-

-Per amicizia. O per fare qualcosa di diverso. Tanto che abbiamo da perdere?-

-Scusate signori.-

Sentii la punta di qualcosa molto dura sulla parte bassa della mia schiena.

-Credo proprio che quella valigetta sia la mia.-

Körg era proprio dietro di me, che mi puntava una pistola all'altezza dell'ombelico. La posai a terra davanti i miei piedi, cercando di sembrare il più naturale possibile. L'uomo fece per prenderla quando una macchina spuntò improvvisamente dall'entrata della via solitaria che ci trovavamo a percorrere in quel momento. Qualcuno sparò dall'interno della vettura, così io e Franco ci trovammo poco più avanti, accucciati in terra.

-Körg, figlio di puttana! Quelli sono i miei soldi!-

Avevo ripreso la valigetta fra le mani, così iniziai a correre trascinandomi franco, dentro quella che sembrava un'ala dismessa di una fabbrica lì vicino.

Quei due si sparavano nascondendosi di tanto in tanto. Uno di loro doveva essere l'uomo incontrato nel centro scommesse. Intanto cercavo di chiamare Tom tramite il cellulare che mi aveva lasciato, ma non ricevetti risposta.

-Dammi i miei cazzo di soldi! Se tu ed il tuo amico siete quello che siete lo dovete a me! E' giunto il momento di ridarmi tutto!-

Körg tentava di ripararsi dai proiettili, mentre io cercavo di capire le parole del delinquente.

-Credo che si siano fatti degli amici in affari prima ancora di averli conclusi.-

Annuii verso Franco che si nascondeva respirando pesantemente, dietro una lastra di cemento, quando una mano ci colse alle spalle.

-Bene, ora voi e la valigetta venite con me.-

# Capitolo 13

In un piccolo bar lontano dal centro di Berlino c'erano tutti i compagni di viaggio di Noah, compresa la rossa Serene, che si dava da fare con un vecchietto nel bagno di servizio. La guida li aveva appena raggiunti, così iniziò a fare l'appello fra il caos ed i vecchietti.

-Abbiamo trovato delle valigie sul pullman, valigie appartenenti forse a qualcuno di voi. Per favore, restate in fila ed in silenzio mentre chiamo i vostri nomi, evitiamo di perderci.-

Louise era una donna di media statura, biondina. Nata in Norvegia ed ora stabilitasi in Lipsia, lavora per una compagnia turistica per anziani da ormai cinque anni, ovvero da quando è stata licenziata dal suo lavoro di segretaria amministrativa in un'altra agenzia, ma immobiliare. Cinque anni era anche l'età di suo figlio, mentre tre erano gli anni passati dal divorzio col marito, che dopo averla tradita per anni, ebbe finalmente il fegato di confessarle di essere gay e andare via col suo compagno. Louise non reagì molto bene e per un po' le tolsero la custodia del figlio dopo averle ritirato la patente per guida sotto l'effetto di droghe.

Non pensava sarebbe riuscita a tornare in piedi, ma dopo il licenziamento, il mantenimento del marito non le bastava più per reggere le spese di una donna disoccupata, così contattò la sua bigottissima cugina, che non fu per niente felice di ascoltare le suppliche di Louise per telefono, tant'è che la definì "una mezza donnetta" dal momento che secondo la sua opinione tutte le donne devono essere in grado di fare due cose: sposarsi e tenersi un marito.

Fatto sta che alla fine sua cugina cedette, e riuscì tramite il cognato ad inserirla in una società turistica per anziani, con sedi sparse un po' per tutta la Norvegia e Gran Bretagna. Ora eccola lì che tutta sudata e con un piumoncino anti vento bianco e viola agitava le mani e strillacchiava invano alla ricerca dei suoi clienti, che probabilmente data l'età erano anche sordi.

-Per favore signori, qui risulta che mancano due passeggeri. I bagagli ci sono ma non rispondono all'appello!-

Nel frattempo Serene tornò dal bagno con sotto braccio la sua ultima (e veloce) fiamma.

-Si chiamano Noah e Franco. Qualcuno ha visto Noah e Franco?-

-Eh sì. Certo che l'ho visto, eccolo qua!-

Esordì Serene mentre si aggiustava il rossetto e calzava il reggiseno.

-Signore, lei è Noah?-

Chiese Louise avvicinandosi alla stramba coppia.

-Santo cielo no, io sono Wilhelm.-

Serene alzò gli occhi al cielo agitando una mano ed aggiunse che forse avrebbe dovuto sbattersi Noah e la cosa
sarebbe finita decisamente meglio.

Louise non sapeva più cosa fare, rischiava di perdere il lavoro se questi due non fossero usciti fuori di lì a poco. Prese il foglio delle presenze e dei permessi, per controllare
se la guida obbligatoria e l'assistenza copriva i due e con
sollievo, constatò che avevano prenotato da soli, non avevano guide e nemmeno l'obbligo di visitare tutte le mo-
stre. Fece un lungo sospiro guardando le valigie, e decise
di far affluire nuovamente i vecchietti nel pullman, per poi
riporle nel portabagagli sottostante e sperare che nessuno
si ricordasse di quei due durante la permanenza. In fondo, chi poteva cercarli se erano soli come cani?

# Capitolo 14
# 1980

Non ebbi più notizie di James, né dell'eredità di suo nonno o di qualsiasi altra cosa ma in cambio, mi ero potuto permettere una costosissima Mustang V8 arancione. Quella sì che era la mia macchina. Mia moglie dal canto suo non sapeva guidare né aveva intenzione di prendere la patente, quindi perché non farsi questo bel regalo?

Le cose andavano abbastanza bene, io lavoravo come fattorino in una fabbrica di carta, dove conobbi quello che sarebbe stato il mio migliore amico, Samuel. Lui era afroamericano, la vita era un po' dura per lui a causa del colore della sua pelle ma io non ne avevo di questi pregiudizi. Samuel era sempre così gentile, mi invitava spesso a cena con sua madre ed il suo bellissimo cagnolino che non esitava un minuto ad avventarsi contro di me per ricoprirmi di leccate e scodinzolii. Una sera ricevetti una chiamata da parte di sua madre, Samuel stava davvero male. Aveva una crisi da overdose, così lei mi chiese di soccorrerlo senza ricorrere ai servizi d'emergenza, ma io non sapevo proprio cosa fare, ero all'oscuro della sua dipendenza.
Si spense mentre cercavo di non farlo soffocare. Era il mio più caro amico. Guardavamo il football e bevevamo tanta, tanta birra.

# Capitolo 15

-Scusi, ci conosciamo?-

Quel tale strappò di mano la valigia a Franco, non curandosi minimamente della sua domanda.

-Forza, salite in auto prima che vi facciano fuori.-

Facemmo come ordinato, e ci trovammo all'interno di una macchina nera abbastanza grande da ospitare anche cinque persone. Era tutta in pelle, coi vetri oscurati. Il tale rimase a fissarci per un po', mentre Franco si allacciava la cintura di sicurezza.

-Sempre meglio esser cauti!-

Alzai gli occhi al cielo.

-Bene, scusatemi per la maleducazione, io sono Jim. Voi dovreste essere Noah e Franco, giusto?-

Ci guardammo sconsolati, immaginando già di indossare pigiami uguali rinchiusi in celle di cemento freddissime. La polizia ci aveva scoperto? Magari invece era solo un altro delinquente che ci aveva messo gli occhi addosso. O meglio, li aveva messi alla valigetta e ora voleva sbarazzarsi di noi. Non cambiava più di tanto la situazione, mi continuavo solo a preoccupare per Rick, a casa da solo. Presi un respiro.

-Sì, ehm, siamo noi. Come fa a conoscerci?-

-Sono un'amico di Lander. Sono stato incaricato di osservare i movimenti della valigetta, dato che è provvista di segnalatore GPS.-

-Scusi, cosa? Nel senso, tutto questo tempo? Lei ha registrato i nostri movimenti?-

Quel bell'uomo alto e magro, vestito di tutto punto aveva una calma quasi inquietante mentre ci raccontava tutto questo.

-Esattamente. Sono qui per patteggiare con voi.-

Franco mi diede una ginocchiata un po' troppo ovvia, per poi guardarmi colmo di speranza.

-Voi adesso lascerete la valigetta a me, ed io darò ad entrambi una somma ingente di denaro.-

-E' per la figlia di Lander, giusto?-

L'uomo annuii delicatamente, mentre io cercavo di capire se fidarmi o meno. L'unico problema, oltre a Franco che iniziava a chiedersi quanto fosse questa somma ingente di denaro, era il fatto che il poliziotto più stupido della Germania, Tom, aveva sottratto la valigetta per svolgere delle indagini tutte sue ed arrivare prima dei suoi colleghi al colpevole. Probabilmente quell'uomo sapeva anche che avevamo passato la notte da lui, dunque avrebbe potuto denunciarlo dal momento che Lander avrebbe fatto qualsiasi cosa per sua figlia.

-Cosa succede se non accettiamo?-

Jim parve sorpreso.

-Vi posso dare del tempo per pensare. A meno che non arrivino prima quei due a prendervi la valigetta. In quel caso non solo sarete senza denaro, in più sarete anche morti.-

-Ma che dici Noah! Che ce ne frega della valigetta!-

Strinsi il ginocchio di Franco, e lui gemette lamentandosi dei suoi legamenti fragili.

-Bene, potete scendere qui. Mi raccomando. Non dimenticate che continuerò comunque a tracciare i movimenti della valigetta. E' inutile nascondersi o scappare. Saprei tutto anche se la svuotaste dei soldi e scappaste via.-

-Mi tranquillizza molto poco, ma per ora va bene così.-

Aprii la portiera aspettando la scesa di Franco.

-Avete due giorni. Dopo di che dovrete decidere.-

-Porca merda. Porca merda!-

-Va bene, va bene Franco calmati, dobbiamo fare qualcosa. Per forza. Altrimenti Tom verrà sbattuto in prigione, o processato, o che so. E ci andremo di mezzo anche noi!-

-Andiamo davanti alla DST e lasciamo tutto! Così Mirko fa i suoi affaracci con Körg e noi ce la svigniamo!-

Mi appoggiai di peso sulla ringhiera di casa di Tom, sospirai ed osservai quella valigetta marrone di pelle secca e crepata.

-No. Faremo di meglio.-

Franco si sedette su un gradino sventolandosi agitato con il cappello che aveva sul capo, rimanendo spettinato, rosso e pieno di sudore.

-Cosa hai intenzione di fare?-

-Vedrai. Intanto entriamo dentro.-

-Dove siete? Sono nella merda, cazzo. Nella merda.-

-Tom sono qui! Noah è al piano di sopra sotto la doccia.-

Franco era sdraiato sul divano e divorava una barretta presa clandestinamente dalla dispensa del poliziotto.

-Amico, non puoi prendere e mangiarti le mie cose.-

-Non hai mica specificato delle barrette. Hai detto "Franco via le mani dal mio frigo", non dalla mia dispensa.-

Il vecchietto fece un gesto vago con la mano, intento a sgranocchiare del cioccolato, sbriciolandosi tutto il golfino.

-Bene, fatto sta che alla centrale non hanno le idee molto chiare su quello che è successo, e questa è di fatto una notizia abbastanza buona.-

-Ma..- Tutti sapevamo che prima o poi la polizia avrebbe messo piede nella nostra sventurata avventura.

-Ma, ahimè, hanno sospetti. Cioè, iniziano ad averne, quindi sarebbe meglio portare a conclusione questo caso al più presto.-

-Ecco, per l'appunto. Io avrei un piano. Sai Tom, siamo stati presi in ostaggio diverse volte oggi, e vorremmo che questa cosa della valigetta finisse. Personalmente, avrei preferito visitare la piazza di Berlino, o che so, andare ad un concerto dei Rammestein. Tutto tranne che trovarmi in questo fottuto soggiorno con un vecchio diabetico ed un poliziotto con problemi di stima.-

-Tutti vorremmo uscire da questa situazione Noah, ma non credo questo sia il modo. In ogni caso, dimmi il piano.-

Tom si mise a braccia conserte davanti a me, poggiato sul tavolino del soggiorno con le gambe incrociate, e lo sguardo crucciato. Ascoltò quello che avevo da dire nei minimi dettagli, mi corresse qua e la ed alla fine giungemmo ad un accordo e a quello che sembrava un piano ben strutturato. Ci girammo verso Franco in attesa del suo consenso, ma tutto quello che ottenemmo fu un leggero russare ed una scorreggia rumorosa. E puzzolente.

-Direi che è fattibile. Ma io non voglio rientrare assolutamente in tutto ciò. So che ho causato tutto io, ma se mi espongo, rischiamo di venire scoperti sia dalla DST che dalla polizia.-

Ero d'accordo con Tom. Anche se la cosa mi infastidiva a morte, sapevo bene che lui era la causa di quello che mi stava capitando ma ora era più che altro questione di vita o di morte (o quasi) quindi dovetti stare alle regole.

-Franco, Dio santo! Hai sentito almeno una delle mie parole?-

Tom era esasperato, tentava di spiegare tutto a quel vecchietto raggrinsito da almeno dieci minuti ma lui non smetteva di fare pisolini fra una frase e l'altra.

-In ogni caso, devo chiamare adesso. Ci sarà modo di spiegare a Franco tutto il piano, forse.-

Composi il numero. Quattro squilli precedettero una soave voce: -Salve, ufficio del signor Lander, come posso aiutarla?-

-Salve, sono Erik ufficio dirigenza. Posso parlare col signor Mirko?-

-Certamente attenda solo un istante.-

Una ridicola musichetta di attesa lasciò giusto il tempo di guardarci tutti in viso, mentre Tom sudava freddo e Franco non riusciva a tenere la bocca chiusa.

-Pronto? Sono Mirko chi parla?-

-Mirko, io sono, volevo dire che non sai chi sono.- Esordii. -Ma io ho qualcosa che tu vuoi, e posso dartela subito. La lascerò nei parcheggi sotterranei del tuo ufficio, stasera alle cinque.

-Va bene. Puntuale.- Riagganciò sbattendo la cornetta.

-Beh, è stato facile!-

-Ora dobbiamo andare là, zuccone. Non è ancora finita, e non sarà facile per niente non farsi ammazzare.-

Franco alzò gli occhi al cielo, d'altra parte non conosceva nemmeno il piano e pensava fosse tutto un gioco da ragazzi. Anche se lo fosse stato, non si stava giocando. E nessuno di noi era più un ragazzo da qualche decennio, a parte Tom.

-Bene, saliamo in macchina allora.-

-No ragazzi, io devo restare qui. Sapete, nel caso venissero a perquisire l'appartamento...-

-Ah, fottuti poliziotti! Non un minimo di coraggio o di onestà! Vieni Franco, prendiamo la metro.-

# Capitolo 16

L'edificio sembrava ancora più irraggiungibile col calare del sole.

-Allora, io fingo di aver dimenticato il tesserino, mentre tu distrai la guardia quando sarò uscito dal retro del parcheggio senza macchina.-

Franco annuì, ma non fui poi molto sicuro che avesse capito.

Arrivammo all'ingresso principale del piano inferiore, alla base del grosso palazzo. Non trovammo nessuna guardia a controllare cartellini, ma una macchina d'ultima generazione, probabilmente per tesserine magnetiche.

-Cazzo! Cazzo! Lo sapevo! Maledetta tecnologia!-

-Noah, calmati. Aspettiamo. Possiamo chiedere gentilmente a qualcuno di aprirci, no?-

-Certo, magari diciamo anche che abbiamo non so quanti mila euro qui proprio in questa valigetta, no? -

Ci sedemmo rassegnati qualche metro fuori dall'edificio, Franco come al solito si comprò qualcosa da mangiare ad un chiosco lì vicino.

All'improvviso sentimmo lo stridere di una macchina, che aveva appena strusciato il muso sulla parte laterale dell'ingresso di cemento del parcheggio sotterraneo della DST.

-Corri, forse possiamo entrare con l'inganno!-

Corremmo (se corsa si può definire) fino alla macchina di quell'uomo e chiesi subito se occorreva aiuto. L'uomo scese dall'auto tirando qualche parolaccia qua e la, per poi fermarsi a guardarmi ed esclamare:

-Noah! Hey man! Cosa ci fai qui! Sei invecchiato! Non che io sia da meno, ma i tuoi grandi occhioni azzurri non cambiano mai!-

-James? James Tesla? Come stai! E tutti i tuoi progetti? Non sai quante volte mi sono chiesto che fine avessi fatto!-

Ci stringemmo la mano vigorosamente, per poi raccontare qualche aneddoto a Franco, che si mise ad ascoltare con piacere.

-Beh, ho fatto un bel guaio. La macchina era nuova. Ma ora non importa più di tanto! Vi serve un passaggio?-

-In realtà dovremmo entrare in garage, sai, ho promesso ad un amico che avrei consegnato questa valigia ad una persona, ma sfortunatamente se non possiedi il tesserino, non puoi entrare.-

-Beh, amico, you're lucky! Io lavoro qui come elettricista occasionalmente, ed ho un tesserino. Sali a bordo.-

Una volta entrati mi raccomandai di stare il più lontano possibile dalle telecamere durante la mia discesa. A quel punto, James era dubbioso, quindi dovetti raccontargli parte della storia.

-Beh, lascia che ti dia una mano! Te lo devo! Prima di tutto, voi restate in macchina, di modo che io possa andare verso i pannelli della corrente e disattivare in tutta sicurezza le telecamere. Sono di fianco alle scale, quindi se qualcuno volesse rivedere i nastri, sembrerà un guasto casuale della telecamera.-

Tornò poco dopo aver tolto l'alimentazione alle telecamere, porgendomi la mano.

-Ora dammi la valigetta. Da quello che mi hai raccontato, questo tipo ti conosce e non vorrei abbia brutte intenzioni.-

-Ma James, potrebbe essere pericoloso!-

-Non preoccuparti, sono stato nelle forze speciali americane e so come affrontare qualsiasi tipo di personaggio losco.-

Gli porsi così quella valigetta tutta rovinata e pesante. Devo dire che dubitavo un po' di quell'uomo. Nulla gli vietava di correre via con la valigia e non voltarsi più indietro.

Fatto sta che rimase lì ad aspettare dieci minuti buoni l'arrivo di qualcuno, quando effettivamente Mirko si presentò.

-Quindi sei tu il corriere adesso. Dammi la valigia e vattene.-

James non proferì parola. Lo guardò soltanto per qualche secondo, per poi lanciare la valigia ai suoi piedi e voltarsi, entrando in macchina ed uscendo in retromarcia. Io e Franco ci abbassammo il più possibile per tutto il tempo, pregando di non esser visti. Ma ora che il gioco era fatto, non sapevamo davvero cosa pensare di tutto il resto.

-Ragazzi, quello è il vice direttore, piani alti! Cosa vuole dalla figlia di Lander?-

-E' proprio quello che tentiamo di scoprire.-


Ci trovammo in un bar abbastanza distante dall'edificio dove avevamo appena concluso il nostro "affare". James sorseggiava un caffè americano mentre Franco divorava una ciambella glassata. Io non avevo ancora preso niente, mi sentivo scoppiare la testa e mi mancava da morire Rick e casa mia.

-Quindi, tutto questo è successo perchè hai deciso di venire in gita?-

Annuii esasperato, mentre mi portavo le mani nei capelli.

-Potevo andarmene che so, alle Hawaii, ad Ibiza, in Italia a mangiare spaghetti! Invece no, qui legato ad un vecchio diabetico ed una situazione decisamente poco legale.-

-Buoni gli spaghetti, probabilmente mi avresti trovato anche li.-

Franco aveva ben poco da scherzare, altri due pasti così ed avrebbe incontrato sotto forma di visione mistica il suo altissimo colesterolo.

-Ora, dobbiamo scoprire cosa fare. Cioè, non possiamo mica rimanere qua così. Tom dov'è? Si è fatto sentire?-

Alle mie parole Franco mi passò il cellulare che Tom aveva lasciato poco prima per rendersi reperibile in modo sicuro, una volta svolto tutto il piano.
Il telefono compose automaticamente il numero in rubrica, e dopo tre squilli, la voce tremante di Tom mi accolse ansiosa.

-Noah? Sei tu?-

-Sì, abbiamo fatto, siamo al bar a mangiare qualcosa... Cioè Franco sta mangiando mentre io e James siamo al tavolino a bere.-

-James ? Dio mio non dovevi coinvolgere nessun altro. E' già difficile proteggere voi due e non...-

-Fermo fermo! Proteggerci? Noi due? Siamo stati quasi presi in ostaggio cazzo, tu dov'eri?-

-Spero sia una persona fidata. Comunque abbiamo un problema.-

-Dimmi tu quando non ne abbiamo avuti.-

-Lander, ha prelevato un'altra bella sommetta dal suo conto. Il problema è che non sappiamo perché qui in centrale.-

-Altri soldi?! Ma noi abbiamo consegnato la valigia. Si sa nulla della figlia?-

-Lo scopriremo stasera guardando il telegiornale. Devo andare.-

Poggiai il telefono sul tavolino mentre gli altri mi guardavano bianchi come un cencio.

-Adesso cosa?-

Dopo avermi fatto quella domanda il vecchietto si mise a sorseggiare rumorosamente una coca cola, mentre il mio vecchio amico James rimase fisso in silenzio.

-Adesso ho bisogno di un bicchierino di rum. Anzi,due.-

# Capitolo 17
# Ufficio di Lander

-No, fammi vedere le registrazioni. Ci sono delle telecamere nei parcheggi ti dico!-

-E' inutile! non si trova nulla, c'è come un buco temporale da quando sono scesi a quando tu hai preso la valigetta!-

Mirko si portò le mani sul viso cadendo di peso con la schiena sulla sua sedia da ufficio di pelle perfettamente nera.

-Cazzo, cazzo!-

-Potrei prendere quell'elettricista e cantargliene quattro, o che so, spaventarlo per farmi dire chi lo ha costretto a darmi quella valigia!-

-Non essere frettoloso Körg, non puoi esporti più di così o ci scopriranno!-

-Cazzo. Sua figlia è stata appena scortata a casa. Tra mezz'ora dovrebbe riprendere i sensi e sua moglie dovrebbe rientrare in casa. Mi raccomando dopo. Vado a prendermi un caffè.-

-Prendi la tua parte, prima.-

-Certamente, dopo di che non mi vedrete mai più.-

-Perfetto.-

La scrivania di Lander era impeccabilmente lucida. Vetro spesso due centimetri, scartoffie da un lato ed una bella penna molto elegante posizionata perpendicolare alla sua agenda. Nel lato sinistro, proprio al fianco del computer non poteva mancare una bella foto di sua moglie e sua figlia in vacanza ai Caraibi. Davvero un uomo in carriera. Sua moglie era davvero bella, mora con un sorriso che le illuminava il volto.

Si guardò attorno, respirò profondamente per poi mettere una mano sul mouse ed aprire la posta elettronica. Un sorriso uscì dalle labbra di Mirko, mentre guardava il conto principale del suo capo.

-Tutto è bene quel che finisce bene, capo.-

-Allora, la situazione è abbastanza incasinata, cioè, ora la figlia di Lander è libera, ci sono stati degli appostamenti da parte della polizia che ha identificato Mirko come vittima, mentre Körg è sparito dalla faccia della terra.-

-Bene, quindi possiamo andarcene via finalmente.-

Tom mi guardò alzando entrambe le sopracciglia e fece un bel respiro.

-Non credo Noah, non ancora. Dobbiamo aspettare che sia tutto sistemato. Il problema è che Lander continua a prelevare somme ingenti dal suo conto personale.-

-Forse paga delle escort? Oppure gioca d'azzardo, è una persona ricchissima, che ne sappiamo noi. Droga? Ci scommetto.-

-Sta' zitto Franco, l'ultima volta che hai visto il seminterrato di una donna è stato quando tua madre ti ha fatto!-

Franco mi guardò con aria di sfida, poi continuò a guardare il Telegiornale in onda sulla televisione del poliziotto, seduto comodamente sul divano anche se con uno sguardo lievemente imbronciato.

-Credo che avresti potuto essere più gentile con lui. Comunque, escludiamo cose del genere, dato che le transazioni avvengono sempre durante le ore lavorative, fra le due del pomeriggio e le cinque e mezza.-

Mi grattai il capo facendo uno sbadiglio grandissimo.

-Okay, vorrei solo che questo incubo finisse, pensavo fosse finito con la consegna della valigia, invece no. Tom lasciatelo dire, sei un poliziotto davvero rincoglionito.-

-Ora vacci piano, sono solo un po' distratto, ma pian piano stiamo sistemando tutto, no?-

Franco scosse la testa e si mise a sonnecchiare, mentre io mi alzai senza dar risposta e mentre le scale che portavano al piano superiore scricchiolavano al mio passaggio, la moquette verdastra che ne ricopriva la parte superiore dal legno mi solleticava i piedi. Il gatto di Tom mi passò veloce come un fulmine accanto, ed io mi ricordai di Rick, chissà cosa stava accadendo a casa mia, o agli altri vecchietti del pullman.

# Capitolo 18

-Come la prenderanno i parenti quando lo capiranno, Dio mio.-

Louise spinse con decisione le valigie di quei due vecchietti in un lago gelido tedesco, mentre tutti gli altri erano poco distanti, dentro un Autogrill per fare uno spuntino.

Sospirò pesantemente, per poi accendersi uno spinello, anche se la maggior parte di quei vecchietti sono praticamente ciechi, non si è mai troppo prudenti dopo aver avuto un passato problematico.

-Dio mio, Dio mi perdoni, ma questa cazzo di vita non mi lascia altre scelte a volte.-

Inspirò del fumo e lo trattenne per qualche secondo, per poi tossirlo fuori con insistenza.
Il paesaggio era davvero mozzafiato. Stava calando il sole ed in lontananza si potevano osservare delle montagne innevate piene di luci appartenenti a piccoli paesini lì vicini.
Davanti a lei si stendeva una prateria immensa, con collinette e capre. L'aria era davvero limpida, ed il cielo di un viola livido impressionante. Ecco le prime stelle, ancora un respiro e risalirono tutti sull'abitacolo.

-Louise cara, qual è la prossima fermata?-

-Katia, è già la quinta volta che te lo dico, Alexanderplatz. Ora siediti e dormi un po'.-

# Capitolo 19

Lander si trovava in una situazione davvero molto, molto scomoda.

Picchiettava forsennatamente le unghie sulla scrivania del poliziotto davanti a lui, che lo guardava con aria di sufficienza.

-Ho solo bisogno di fermare il mio conto. Devo assolutamente bloccarlo.-

-Signore, con una denuncia verso ignoti ed i suoi documenti in possesso, non può pretendere di far bloccare una carta di credito senza le giuste ragioni.-

L'uomo non ne poteva più. Non poteva spiegare niente, voleva soltanto che quel poliziotto facesse partire la denuncia per bloccare la sua carta.

-Forse, ecco, un aiutino può far partire una bella pratica.-

Lander porse due banconote da cento al poliziotto, facendole scorrere sulla scrivania mentre si alzava rimanendo chinato verso essa, visibilmente ansioso ed ammiccante.

-Ha ragione, questa è proprio una bella pratica. Agenti Tom e Aaron, portatelo in cella, corruzione a pubblico ufficiale.-

Tom, che fino a quel momento era rimasto di guardia al di fuori dall'ufficio del suo capo, quando entrò e vide Lander quasi si immobilizzò sul posto. Estrasse le manette e le mise all'uomo d'affari, per poi portarlo al piano di sotto, dove la centrale teneva i criminali per una notte.

Lander scoppiò in lacrime nel tragitto, farneticando di ingiustizie e soldi buttati. Così Tom tornò nell'ufficio del comandante con tutti gli effetti personali del carcerato in una scatola con nominativo.
Li poggiò su uno scaffale, considerando l'ipotesi di tornare in tarda notte per scoprire cosa spingeva quell'uomo a spendere più di tremila euro al giorno.

Nel frattempo, io e Franco, ancora scossi dall'accaduto ci stavamo rilassando sul divano di casa di Tom, mentre ci interrogavamo sulla fine di quella valigetta e se quel tipo che poco prima ci aveva dato l'ultimatum alla vita si sarebbe fatto rivedere.

-Dici che moriremo? Qualcuno verrà e ci farà fuori pensando che abbiamo ancora la valigetta?-

Franco lanciava briciole sul tavolo, cercando di far canestro in un bicchiere sporco lasciato lì la sera prima, mentre io ero ancora sdraiato con l'avambraccio a coprirmi dalla luce in cerca di Morfeo.

-Dico che sicuramente siamo nei guai. Dico anche però che se davvero Lander ha finto il rapimento della figlia per far alzare le azioni della DST e poi vendere la sua parte, ci deve essere altro dietro. Perché cedere la parte a Mirko in un secondo tempo? Perché andarsene a mani vuote? Sta spendendo tutti i suoi soldi, forse è malato?-

Feci spalluccie, non volevo davvero pensarci. Piuttosto mi mancava casa. Mi mancava il lattaio, la mia vicina di casa e perfino la mia vecchia televisione via cavo. Il mio opossum probabilmente sarà morto. Non mi aspetto più niente ormai.


Tom mi fece letteralmente sobbalzare in terra. Entrò sbattendo la porta proprio mentre dormivo, ringrazio il disordine di cuscini lasciati in terra vicino al divano per avermi salvato da una commozione cerebrale.

-Cazzo, Lander è in carcere.-

-Perfetto! Quindi possiamo andare a casa? Possiamo finalmente smettere di essere dei ricercati clandestini?!-

Mi misi a sedere, mi resi conto di aver usato troppa euforia e che alzarsi così velocemente fa brutti scherzi con la pressione bassa.

-No. Noah, qui c'è un grosso, grossissimo problema.-

Mi porse un cellulare, dicendomi di non toccarlo con le mani o avrei potuto lasciare delle tracce delle mie impronte digitali.
Così aprì una cartella mostrandomi degli allegati di alcune email.

Qualcuno ricattava Lander. Quelle email erano tempestate di insulti, minacce e foto di lui in atteggiamenti molto, molto intimi con la segretaria dai capelli rossi tanto amata da Franco.

-Hey Francuccio, vieni un po' qui!-

Franco impallidì.

-Beh, che c'è. Sono cose rare da vedere per uno della mia età, volete forse dirmi che non è una bella pupa? Si possono avere queste foto...-

-Dio mio, ma riesci a capire le priorità delle cose nella vita?!-

Tom sospirò, bloccando lo schermo dell'Iphone.

-Bene, la notizia cattiva è che l'email è ovviamente stata creata appositamente per minacciarlo, quindi nessuna traccia del mittente. La notizia buona, è che appena è stato comunicato che Lander è sotto arresto, le email hanno cessato di arrivare ma il suo conto continua a scendere, quindi presumibilmente il ricattatore ha le credenziali d'accesso di Lander.-

Mi misi a pensare sul fine ultimo di tutto ciò. Cosa c'entrava la figlia, e ora i ricatti con la segretaria. Qualcuno voleva forse spaventarlo? O magari spennarlo? Non riesco a capire, non sembra una vendetta passionale, sembra soltanto un gran casino.

-Tom, hai idee?-

-Nessuna, purtroppo. Però possiamo perquisire la DST e magari fare qualche domanda alla famiglia. Magari loro sanno chi lo sta ricattando.-

# Capitolo 20
# 1991

Pensandoci bene, la mia vita dopo la morte di Samuel si fece sempre più monotona.

Un regalo di Natale inaspettato fu la caduta dell' Unione Sovietica. Erano le sei del pomeriggio quando Gorbačëv dichiarò abolito l'ufficio ma dovemmo aspettare il giorno seguente per vedere la notizia confermata nei telegiornali.

Mi appassionai di musica, per un periodo abbastanza breve. Con un po' di pratica imparai alla chitarra qualche canzone dei Pearl Jam e dei Blur e nonostante la fatica con la quale portavo avanti la mia casa, con un po' di risparmi riuscii a comprarmi una Telecaster di seconda mano. O forse terza.

Iniziò tutto grazie al concerto dei Pink Floyd, in quel periodo io e mia moglie decidemmo di andare in Italia a vedere la loro esibizione ed in qualche giorno ci accorgemmo che duecentomila persone, forse più, occuparono ogni spazio possibile in piazza San Marco e sulla Riva degli Schiavoni.

Fortunatamente tutti appassionati, nessun malintenzionato a rovinarci lo spettacolo.

Vedere il chitarrista far cantare il suo strumento come fosse voce, la passione e l'unione della band erano così coinvolgenti che ci misi ben poco ad appassionarmi definitivamente.

Sentivo mie quelle canzoni. Sentivo la mia infanzia e tutto quello che avevo vissuto raccolto nei testi di pezzi che riportano alla mente con una facilità ingiustificata tanti torti e tante sofferenze.

Così ebbi anche voglia di fondare una band. Cosa mai avvenuta in seguito data la mia scarsa conoscenza dello strumento ed i pochi soldi per potermi permettere di andare a lezione di chitarra o comunque sia di trovare del tempo fra un lavoro ed un altro da dedicarvi.

Anna mi ha sempre sostenuto. Le scrissi anche una canzone, una terribile canzone. Rise così tanto da piangere ma io fui comunque contento.

Quella settimana in Italia trovammo alloggio presso una casa poco distante da Venezia, grazie ad una gentilissima vecchietta che ci offrì una stanza con bagno incorporato.

Era un palazzo molto vecchio, potevo dirlo dal soffitto fatto di mattoni rocciosi e dalla struttura generale di questa casa malconcia ma comunque accogliente. Il nostro letto era proprio al centro di quella stanza, con un armadio di legno sulla destra ed un'ampia vetrata sulla sinistra. Da lì si vedeva la strada sottostante, dove le persone passeggiavano per negozi ed un lampione acceso faceva entrare un filo di luce arancione che si proiettava sul soffitto.

Mangiammo alla tavola calda di questa gentile donna per ogni giorno della settimana e ci fece sempre degli sconti.

Pasta, pizza e cotolette erano le mie preferite. Ne avrei mangiate sino a scoppiare. Le passeggiate notturne erano così piene di vita, differentemente dagli altri posti nei quali avevo avuto l'occasione di passeggiare. Forse l'Italia sarebbe stata un'alternativa piacevole ed accomodante per la nostra vecchiaia, ma entrambi decidemmo infine di vivere per conto nostro, lontani da tutto e da tutti. Troppe cose durante l'arco della nostra vita ci avevano separati.

# Capitolo 21

Tom non concluse assolutamente nulla dalla perquisizione, tantomeno dall'interrogatorio indiscreto con i genitori e con la moglie di Lander. Mentre Mirko se ne stava in capo alla DST, di Körg ormai non c'erano più notizie ed in centrale non avevano nemmeno motivo di averne, dato che sembrava chiaro come il sole che fosse stata una questione fra ricconi e sicuramente uno di loro avrà corrotto i poliziotti per non indagare a fondo.

-Diciamo che è stato Lander. Per quale motivo avrebbe fatto rapire sua figlia? Ed i soldi?-

-Se il ricattatore fosse lo stesso che ha rapito la piccola, perché continua a prelevare soldi, quelli nella valigia bastano per fare qualsiasi cosa!-

Franco rimase in silenzio. Come al solito discorsi troppo complicati per lui.

Giocavo con una pallina rossa, seduto sulla sedia della scrivania in casa di Tom. La facevo rimbalzare sul muro, tre balzi e di nuovo nella mia mano. Il suo gatto tentava di prenderla, mi stavo divertendo molto.

-L'unica cosa che dobbiamo aspettarci adesso è che spunti il colpevole dal cielo, così che noi possiamo continuare con le nostre vite.-

-Sai che la polizia probabilmente sa anche di noi? Forse dovremmo restare qui.-

-Franco, ma tu apri la bocca solo per dire cose che mi fanno incazzare?-

-Eh beh, mi scusi tanto signor "so tutto io" volevo solo dire la mia dato che qui qualcuno si lamenta sempre del taciturno in questione!-

-Non ti è chiaro forse che voglio tornarmene alla mia vita? Non voglio stare un giorno di più dentro casa di quest'uomo che invece di fare il proprio lavoro coinvolge civili peraltro anziani in questioni non del tutto sicure?!-

-Hey, nonni! Basta! Penso di aver capito cosa sta accadendo, ma ho bisogno del vostro aiuto per dimostrarlo o sarà stato tutto vano quello che abbiamo fatto in questi ultimi giorni.-

Suonai alla porta della signora Lander.

-Sì? Come posso aiutarla?-

Un video citofono, si trattano bene. Mi coprii l'occhio con una mano, mi sanguinava il labbro.

-Sono stato aggredito in strada, per favore può aiutarmi?-

Mi aprì immediatamente, facendomi entrare. Una donna molto bella, gambe slanciate, vestito attillato e caschetto bruno. Cosa ci faceva il capo con quella segretaria quando a casa ha una moglie così?!

-Posso portarle del ghiaccio? Vuole che chiami la polizia?-

Mi misi a sedere sul divano di quella bellissima casa con arredamento molto futuristico.

-Si figuri, i poliziotti non sono in grado nemmeno di cogliere l'evidenza.-


Lo dissi scandendo bene le parole, mentre la signora Lander era nella stanza a fianco. Avevo un microfono sotto al maglione e volevo che Tom capisse bene cosa pensassi di quelli come lui.

-Ecco a lei signor...-

-Renato.- Annuii convinto.

-Renato, lei non è di qui, mi pare di capire.-

Si sedette di fronte a me su una poltrona beige esattamente identica al divano dove mi trovavo io e mi porse un fazzoletto per pulirmi il labbro.

-No, sono in vacanza, con mia moglie. E' nell'albergo in effetti. Forse dovrei chiamarla. Ha un telefono?-

Annuì e mi portò nel corridoio, dove vidi la figlia di Lander in lontananza nella sua cameretta.

-Sa, a pensarci bene, devo prima andare in bagno, può cortesemente dirmi dov'è?-

La seguii fino a questo bagno enorme, tutto in marmo. Chiusi la porta e me la lasciai alle spalle, mi lavai il viso e dopo un sospiro mi avvicinai il più possibile alla finestra scrutando il paesaggio sottostante. Vidi bene la macchina di Tom, così aprii i vetri e dissi loro tramite il mio microfono-spia che avrei trattenuto la signora nel salotto mentre loro potevano avere libero accesso alla casa, per poter cercare qualsiasi cosa.

Un forte dolore alla testa, il buio.


-Cazzo, ha preso a padellate Noah! Non potevo farlo io? Quei due cazzotti per conciarlo così non mi sono bastati!-

Disse Franco mentre Tom osservava quella donna guardare prima a destra poi a sinistra fuori da quella finestra.

Chiuse le persiane, iniziarono a cercare una nuova entrata, sperando per il meglio.


-So chi siete, so che avete capito tutto ma io non mi tiro indietro adesso.-

Mi trovavo probabilmente nel garage di quella lussuosissima casa, legato mani e piedi ad una sedia con uno straccio in bocca.

La guardai per metterla a fuoco, e mi ricordai. La signora Lander. "Probabilmente ora non servono più teorie o prove alcune, è facile che sia stata lei" pensai. Le squillò il telefono.

-Sì amore? Sono qui con Noah, ti ricordi? Le guardie del corpo che avevo ingaggiato per recuperare la valigia la avevano trovata nelle sue mani, e ora è in casa mia. Aveva un microfono addosso, forse Lander mi ha scoperta.-

Quindi è così. La signora Lander ha un amante. Con questo amante magari ha condiviso il contenuto della valigetta per il riscatto della vita di sua figlia. Tutto questo tempo, era stata lei. Ma perché ricattarlo con delle foto piccanti? Perché Lander continua a non capire?

-Tu e i tuoi amici poliziotti farete una brutta fine. Devi sparire dalla faccia della terra e ci vorrà molto poco per farlo. Sarà un avvertimento per tutti.-

Mi tolse lo straccio dalla bocca così che io potessi parlare.

-Beh, non sei preoccupata degli agenti della polizia?-

Fece un risolino. Ora capisco Lander. Quella è una cazzo di psicopatica!

-No assolutamente. Non so se ti è chiaro, io so tutto. Se loro dicono qualcosa, finiscono in prigione. Intralcio delle indagini, no? Comunque ci finiranno, ho le mie conoscenze. Tu invece sei troppo testardo. Perché continui ad aiutare un uomo che ti ha messo nei guai? Non rispondere. Ormai sei nel mio seminterrato, sei sanguinante e legato. Non hai famiglia ne parenti. Risalirebbero a me, capisci? Torno subito.-

Se ne andò uscendo da una porticina laterale, infilandosi dei guanti in lattice. Mi guardai attorno e vidi diversi attestati e premi impolverati. Era una chirurga estetica, la stronza.

-Noah, psst. Devi andartene, forza sbrighiamoci.-

Tom era riuscito a forzare l'enorme porta d'ingresso per gli autoveicoli, ed entrare da li. Si spostò leggermente e questa emise un fortissimo cigolio metallico, e la psycho signora dalle gambe lunghissime accorse con una siringa verso di noi.

Caddi a terra con tutta la sedia, spinto da Tom che accorreva in mio aiuto bloccando le mani a quella pazzoide, die-

di una bella botta alla tempia ed iniziai a cercare di slegar-
mi. Riuscii a tirare fuori i piedi da quelle corde così robu-
ste, ma le mani non volevano saperne di separarsi.

Mi trovai faccia a faccia con quella donna che cercava di
aggredirmi ed appena in tempo, Tom la immobilizzò tenen-
dola per le braccia.

-E' finita Rosaline. Si calmi!-

Continuò a scalciare e diede una testata a Tom, che cadde
a terra, mentre io ebbi la prontezza di girarmi di scatto, facendo scontrare violentemente la sedia ancora legata a
me con Rosaline. Cadde a terra, la siringa rotolò per qualche metro e lei si alzò tremante avvicinandosi a me, mentre si puliva con le mani un rivolo di sangue che percorreva la sua narice destra e finiva per imbrattare il perfetto
vestito grigio che le calzava a pennello. La sedia ormai è
rotta, le mie mani legate. Non posso scappare da nessuna
parte. Inspira rumorosamente, compie quasi un gridolino,
e stramazza al suolo. Franco, ai piedi della signora, se ne
sta lì, ridacchiando poco prima di osservarla cadere. Ha la
siringa in mano, ed ha iniettato parte del liquido nel pol-
paccio della mia assalitrice.

-Sei un medico?-

-Ho una laurea in medicina tra le altre cose. Dopo le forze
speciali dovevo arrangiarmi!-

-Immaginavo.-

# Capitolo 22

-Tutto alla fine si è risolto alla luce del Sole.
Dopotutto, era facile capire la situazione con degli indizi in più, anche se penso che non sia molto chiara a te.

Ricordi la pazza moglie di Lander? Lei scriveva delle email minatorie al marito, ricattandolo con delle fotografie molto intime riguardanti lui e la sua segretaria. Così facendo Lander era costretto a pagare il suo silenzio, senza sapere chi lo stesse ricattando. Quei soldi andavano direttamente nelle tasche di Mirko, che aveva una relazione a sua volta con la moglie del suo capo.

Il piano in fondo era semplice. Fingere il rapimento della figlia per poter usare i soldi del riscatto per ripagare i debiti del suo amante, mentre pianificavano insieme di ripulire Lander fino a che non sarebbe scoppiato ed avrebbe confessato così la sua infedeltà alla coniuge, che avrebbe ottenuto il divorzio e molto più facilmente l'affido della figlia e dell'impresa.

Körg? E' molto lontano adesso, ha preso la sua parte e l'ha fatta franca. Mentre Rosaline è al fresco insieme al suo adorato Mirko, il quale ha confessato di aver usato la donna unicamente per ereditare parte della DST. Alla fine la svolta è stata triste, non credi?-

Rick rimase a guardarmi, continuando a mangiare delle bacche.

-Alla fine, tutto è finito bene. Sono di nuovo qui con te, hai fatto ritorno.-

Guardo verso il corridoio, due piccoli esserini dalla codina spennacchiata si fanno avanti, e scalano il pelo di Rick per poi rimanerci avvinghiati. E' una femmina, come potevo non accorgermene.
Ho anche scoperto che deve essere scappata da un allevamento di pellicce, a quanto pare in Norvegia non vivono opossum selvatici.

-Franco è rimasto a Berlino, con la promessa di venirmi a trovare spesso. Tom è stato promosso detective dopo la risoluzione del caso e Lander ha venduto la sua parte dell'impresa a degli spagnoli, per poter crescere sua figlia al meglio. Che vuoi farci Rick? Si ricomincia adesso e si ricomincia da qui.-

Bussano alla mia porta. Provo a scostare le tende della cucina per guardare fino all'ingresso, ma la trave di legno che tiene su il tetto del porticato mi intralcia la vista. Bussano di nuovo. Mi avvicino per aprire la porta.

-Salve. L'agenzia spaziale russa Roscosmos richiede speciale presenza, ordini di presidente di Federazione Russa. E' lei Noah Schwarzeinweiß?-

-Mai un attimo di pace, eh?-

-Prepari valigie, la aspettiamo in macchina signor Schwarzeinweiß.-

-Chiamatemi Noah, solo Noah!.-

...

Lightning Source UK Ltd.
Milton Keynes UK
UKHW020653150622
404464UK00011B/1026